小我與大我（代序）

韓秀

一九九四年春，詩人瘂弦先生南下高雄，講了一場「文學的小我、大我與無我」。會場上，有熱情的讀者朋友向演講者請教：「韓秀作品是小我、大我還是無我？」瘂弦先生笑答：「韓秀的文字有小我也有大我，大我居多，她投入感情的世界相當廣闊。至於無我，恐怕還要再過一段時間，她還年輕。」

在文學的路上，我的確還是年輕。但是詩人兼老編兼好朋友的瘂弦先生也確實說得對，我的文字裡大我居多。這第六本書雖然收集的都與小我有關，不僅寫了夫妻情、母子情、親情、友情；更有故國、故園情，委實是我到處留情的眞實紀錄，也是瘂弦先生大我小我說的切實證明。

演講結束，幾位高雄的朋友請瘂弦先生消夜。他說，哪裡也不想去，獨獨喜歡六合夜市，想去坐一坐，吃碗麵線。

於是大家到了那熱熱鬧鬧的六合路上，坐在了搖搖晃晃的鐵板櫈上，在桌邊很豪放地磕掉了啤酒瓶蓋，聊了個痛快。

熱鬧中，我跟瘂弦先生說，一些兒女情長的文字集結成書，書名就叫「情書外一章」好不好？

詩人在桌上拍了一掌，碗、筷、杯、盤蹦跳了一番，他中氣很足地說，「好！又醒目又提神！」

於是，書有了，書名也有了。

——一九九四年九月十二日——

情書外一章

第二輯——星條旗下

第三輯——情到深處

4・情書外一章

第一輯

親情

情書外一章

踏進「九歌書屋」，腳下趑趄起來，眼睛不夠看了，手裡也要抱不動了，才肯作罷。

多少日思夜想的書，都是在海外見不到的。

夜飯吃過。家事、國事、天下事諸事「擺平」之後，手捧剛剛覓得的劉紹銘先生的《隨筆與雜文》踱進書房，開始這一天的「最快樂時光」。

不消一時三刻，書房裡又叫又笑，一個人開鑼竟好像是連臺好戲登場。

我先生手握煙斗，出現在書房門口，「你一捧起二殘教授的大作，我就知道今天晚上有得樂了。怎麼樣，說上一段，咱們同樂如何？」

如此良宵，冷落了先生也實在殘忍，好在二殘教授妙語連珠，無論讀書還是說書，都能達到同樂的效果。

「……有一天，二殘教授收到一位洋讀者的來信。原來這位洋人也是教授，暗戀一位臺灣女學生。愛在心裡，苦於不知如何表達才合適。於是求教於二殘教授，如何修上情書一封，略表心跡……」

這個開場白還未說完，我們倆已經樂得前仰後合。

他一邊兒笑，一邊兒說：「師生靠情書傳情，咱們好像沒經過這一章嘛。」

我也樂：「咱們沒經過的浪漫篇章可多著呢，不止情書一項。」

❖ ❖ ❖

一九八一年春夏交接的時分，我任教的外交學院正在忙得不可開交的當兒。忽然接到另一聯邦機構的邀約。對方說要給我連升兩級，希望我「跳槽」。

國務院待我不薄，外交學院工作又忙，這種時候跳了出去，有失厚道。我婉謝了。

消息不脛而走。系主任眉開眼笑，把我召了去。他說沒法子給我連升兩級，卻可給我升上兩小級。我回答他，升級是小事，我眞心喜歡外交學院的學生確是實在的。

這樁小事揭過不提。較爲清閒的暑期一過，大批新生擁到，日子過得更加緊張起來。

新學年開始了一個禮拜，系裡召開例行的教務會議，除了討論一下學生情況之外，也得爲每一位新學生取個中文名字，有助於他們早一點「走」進中文的「氛圍」。

學生的英文姓名一個一個在會議桌上傳過，大家動腦筋，「贈送」中文姓名，討論，通過。一個姓 BUCZACKI 的傳了過來，坐在右手邊的汪有序博士馬上寫了三個方塊字：薄佐齊。

我記得，這位新學生個子高高的，口齒挺清楚。上課的時候，他也不大緊張，一副好整以暇的模樣。

沒想到，快散會的時候，系主任翻開卷宗，特別提到他。說他名校出身，廿三歲考進國務院，是個很「善於學習」的人。我們當然了解系主任的意思。但凡是很會念書的人相應的也會對老師有較高的期待。一句話，系主任希望我們爭氣，不要讓這位學生覺得我們「誤」了他。

我一向堅持「教學相長」的信條，外交學院的學生多是外交官，差事已經到手，來這裡學語言是工作的需要，成績好壞直接關係到今後若干年的事業與前途，自然發憤。另一方面，學生們多受過良好教育，我們除了中文的語言和文化以外，在其他許多方面，都很可以向學生們請教。抱著這種想法，我和學生多是朋友，相處得甚為融洽。

系主任指定了我：「這位薄先生就交你負責好了，別讓我失望！」

過了沒幾天，下午最後十五分鐘「自由談」時間，這位薄先生不疾不徐地提出問題：

「薄、佐、齊，這三個中國字都是什麼意思？」

多半的學生初學中文，有了個中文名字，最怕的是發音困難，更怕其中文發音近似一個不太雅的英文字，對「義」倒不是頂認眞。

剛唸「你好」、「再見」的學生，怎麼對他解釋字義呢？我只好犯規，用英文了。

「『薄』不像『張』、『王』、『李』那麼常見，是個比較少見的姓，但是不怪。」

「有些姓，還是有意思，比方說『王』是中文姓，也是King。」

「薄」乃「厚此薄彼」的「薄」，「義薄雲天」的「薄」？都說不清。得，他不依不饒。

「瘦就是美」卻是美國玩意兒。於是我說：「薄就是『Thin!』」然後閉嘴，再不解釋。自個兒想去吧！

他皺了一下眉，沒說什麼。

「『佐』有幫助的意思。」

他點點頭。

「齊」？「舉案齊眉」？「比翼齊飛」？不妥、不妥。忽然靈光一現，衝口而出：「齊天大聖！」

「什麼齊天大聖！」他一頭霧水。

「《西遊記》裡最可愛的人物，那位神通廣大的孫悟空！」

這回他樂了。

時間過去了十一年，托大聖的福，他對這個中文名字從未提出異議。

在外交學院苦讀數月，學生們突飛猛進，師生「聊天」成了重要課程。多半的學生都愛回答問題。這位薄先生有時候挺愛提出問題。

一天，我正把什麼「我的老家在密西西比」，「我住在大理街四十二號」之類的教具卡片收起來，準備下課。他忽然問：「你沒去過臺灣吧？」

語法挺棒。

我回答：「沒有。」

「你想去臺灣嗎？」

他們還沒學過「當然」，我只好退而求其次，肯定地回答：「想。」

他很高興。

又過了些日子，他又問我：「你願意再去北京嗎？」

那時候，我離開北京不過四年而已。我痛恨大陸奉行的政治制度，可是中國的文化、中國人、中國的山山水水又怎能不想？再說，外婆那麼孤單，一個人住在那裡，我又怎能不掛念？可我，去大陸作什麼呢？怎麼去？

「去北京作什麼？」我問。

「比方說，在美國大使館教中文。」他目不轉睛瞧著我。

想到能和這些學生在北京重聚，我挺高興，連說：「好，好，好。」

下了課，他問我：「晚上我請你吃飯好不好？」

我說：「眞抱歉。」事實是週一到週五我每天晚上都有「課」。不是我去大學唸書，就是在家教中文。

「星期六呢？」

星期六上午我得跟電腦拼一上午——只有週末，電腦室才有空位。下午得作功課。

「星期天呢？」

「星期天上午我有一位中文學生。下午，我得買菜，打掃衞生，做家務。」我非常的抱歉了。

口袋裡只有一元美金，來到華盛頓打天下，我不拼命唸書，拼命賺錢，有什麼別的辦法嗎？

他一點不氣餒，「走吧，我請你吃中飯好了。」

就這麼，我們出大門，拐個彎，去一家家庭式義大利餐館，吃肉丸子加乳酪，外帶釅釅的義大利咖啡。

來而無往非禮也，我在一個星期日下午，請他來我的公寓「包餃子」。

「哇！難怪你需要錢！你有這麼多書啊！」他脫口而出。

「老實說，只在買書這一項上，我沒有什麼節制。」我有點不好意思。

「沒關係，我可以了解。無書可讀好像沒有空氣，不能呼吸一樣。」他用手作出絞索套上脖子狀。

我鬆了一口氣。

四月十五日，華盛頓最美的，萬花怒放的春天。那是一個星期三。下午，學生們有地區學習(Area Study)，午餐時間稍短，我們在學校樓下餐廳「自助」。

餐盤剛剛放上桌面，他一邊抖開餐巾，一邊問我：「我們結婚好不好？」

看我呆在那裡，他問：「怎麼，我的四聲不對嗎？」他用中文再說一遍。看我沒有什麼反應，又用英文重複了一次。

「為什麼這麼快？」我結結巴巴地問。其實那個時候，我認識他已經八個多月了，而且每天在課室「相聚」好幾個小時。

他一邊把沙拉塡進嘴，一邊找空檔跟我說話：「這個週末去訂戒指。下個週末回康州，把你介紹給我的父母。你還得訂作衣服。五月初，五月八號那個週末結婚正好。然後，我得準備大考，你也得把這學年的工作和你的課業作個結束，再有就是申請赴臺簽證，我的房子得租出去，你的公寓得退掉。搬兩個家，事情很不少呢。」

聽他報出這麼一連串計畫，我只覺得，隨著這一步步計畫的實現，我這隻在海上漂了那麼久的小船似乎是正在向一個靜靜的海灣馳去，靜靜的，風和日麗，不再是波濤翻滾。

「你要一個，還是兩個？」他停下刀叉，笑著問我。

「什麼一個，兩個？」我糊裡糊塗。

「戒指。有的女孩子喜歡把訂婚戒指和結婚戒指合爲一個。有的，比較傳統，還是喜歡兩個。」他把最後一口沙拉吃掉，有條有理地回答我。

集中起精神，我努力搜索著對這類題目那點可憐的知識。訂婚戒指通常有顆鑽石在上面，結婚戒指應當是不離手的。洗碗怎麼辦呢？莫不成也把鑽石泡在肥皂水裡？

「我要兩個。」我打定了主意。

他微笑著。

我猛然想起，結婚戒指是要在婚禮上說了「I do.」再交換的。天！誰主持婚禮？一位神父或牧師嗎？我怎麼可以在一個我不甚了解教義的教堂裡完成這件大事？

他馬上從我的眼睛裡讀懂了我的焦慮，把他的手放在我冰涼的手背上。

「我當然不會代你選擇宗教。我們公證結婚，由一位地方政府指定的律師主持……」

直到這個時候，我才注意到，我面前的海鮮沙拉還沒有動過。我拿起了刀叉。

「現在，我們可以討論下一個問題了。」他笑，示意我邊吃邊談。

「我們的經濟情況不壞。」他說。

我完全莫名其妙。

「我的錢就是你的錢。」他解釋，「所以，也許你可以辭掉一兩位學生，給我們一點時間聽音樂，看歌劇，跳舞什麼的。」他輕描淡寫。

我們站起身來往外走。

「這個週末，我們去跳波爾卡。好吧？」他問。

「跳波爾卡？穿什麼？」我還在雲裡。

「一條下襬寬寬的棉布裙子。」他用兩手在下襬處劃了一個圓，然後，在我頰上響響地吻了一下，「下了課，我會來接你。」就迅速地消失在旋轉門背後，把我一個人留在花叢中，留在春天的太陽下。

所以，我們是訂了婚，才開始「約會」的。

婚後，系主任先向我們道喜，然後對我說：「我要你對他負責，可沒請你負責到底呀！」

他不解地瞧著我們。系主任高興地大笑，又對他說：「你知道嗎？你帶走了我最好的老師。」

這回，他信心十足地回答：「很可惜。不過，您知道，學語言的最佳方法是把老師帶回家。當然，我選最好的老師。」

❖ ❖ ❖

不但沒有機會寫情書，連蜜月都免了，只在離開美國赴臺北前的假期中在紐約和夏威夷逗留一週而已。

至於像二殘教授在情書指南中示範我們的「……有情人在花前月下，坐著馬車的度的度的走……」那樣詩意的滋味是在數年之後，我們重回紐約，「老」夫「老」妻抱著周歲的兒子才初次體驗到的。

——一九九二年十一月廿日於高雄

同年十一月廿八日刊於《中華日報》

同年十二月廿二日美國《世界日報》轉載——

旅行散記一束

永誌不忘

儘管旅行的日程安排得甚緊，我先生還是和有關方面談妥，安排了一個時間，在遊覽馬尼拉市時，得以瞻仰美軍烈士陵園。

臨出門，一對新人正走進菲律賓大飯店，新娘著白色長禮服，頭戴白色花冠，烏亮的黑髮盤成美麗的大髻，加上綠葉、白花、散發著柔美的氣息，新郎著繡著花飾的菲律賓襯衫，小心翼翼的攙著嬌羞的新娘，步上紅毯。

我們目送他們進入禮堂，默默為他們祝福。

經過繁華的馬尼拉市區，車子駛進美軍烈士陵園。

綠草茵茵，一排排白色的十字架從左、右兩邊成弧形向遠方延伸，一排排，似乎不見盡頭。

「媽咪，這裡的十字架比阿靈頓公墓還要多嗎？」女兒問我。

「沒有，這裡的只是二次大戰期間爲保衞菲律賓而戰死的烈士。阿靈頓的要多得多。」

綠草茵茵，我的雙腳沉重得難以擡起，周身的血似乎在冷卻，一步一步，好容易穿過墓場。在高高飄揚的美國國旗和非國國旗的後面，出現了兩個半圓的迴廊。迴廊的起始處，在牆上繪製著大幅的東南亞地圖，地圖上標明了太平洋戰爭期間重大戰役發生的地點以及戰況。一面牆上用英文告訴人們：「這裡記錄了一九四一到一九四五年在這裡獻身的美國陸軍和陸軍航空兵的姓名。他們葬身於不知名的地方，但人們對他們的英雄業績將永誌不忘。」另外半邊迴廊上銘刻的則是美國海軍的名字。

白色十字架下，仍有英雄們的白骨在。而在這裡，在這一面面高高的石壁上，一排排，一行行，銘刻著的卻只是他們的名字、軍階、失踪的時間與他們出生的地方。他們的身體已灰飛煙滅，他們的名字卻永垂史册。

記得我在火奴魯魯時，看到珍珠港事件英魂們的姓名，有過同樣的感受。他們爲維護人類的尊嚴而戰，後人用石頭刻下他們的名字，他們的名字將和人類的尊嚴永存於世。

「爸爸是陸軍？」我問我先生，我指的是公公。

「是，陸軍工程師。」

「那時候，他在太平洋或是歐洲？」

「太平洋。我們家只有他一人在太平洋，別人都在歐洲。」

我們沉默著。

「如果爸爸再來菲律賓，在這些牆壁上，他一定會看到很多朋友的名字。」先生補充著。

我們離開康州赴遠東之前，住在公公、婆婆家裡，也是綠草茵茵的夏天。一次，公公詳細地向我詢問有關丁玲的一切，她的昨天和今天。我如實向公公作了說明。關於她的明天，我和公公什麼都沒說，只是沉默著。忽然，一個常常徘徊於腦際，卻很難啓口的問題，蹦了出來。

「爸爸，您和我父親當初爲保衛和平而戰，後來，我父親又再度爲保衛自由世界而戰。您想，時代進步到今天，世界局勢複雜如今日，美國人民還會爲人類的利益浴血奮戰嗎？」

「當然。」爸爸毫不猶豫地回答，「不但你們會奮不顧身，我也會，你媽媽也會。」他看看婆婆，婆婆微笑著：「當然。」

那時候，我覺得老、少兩輩人之間的距離縮短了，消失了。血管裡奔流著的軍人的血沸騰了，丁玲的命運，十億七千萬中國人的命運和全人類的命運都和我們息息相關。和平不只是美麗的言詞；民主制度的維護靠的也不是紙上談兵，而是要靠戰鬥去保衞，去實現的。

面對烈士陵園的牆壁，我們懷著顫抖的心情，尋找著我們的姓，面對未曾謀面的父輩的名字，我們沉默，我們熱淚盈眶，我們強忍怒火，父輩們未竟的事業，我們將永誌不忘。圓環的中心，豎著一個小小的牌子，上面列著兩排數字，那是兩次大戰中在世界各地美軍陣亡的總數。

在美國每一個爲民族、爲國家、爲世界和平獻身的軍人都會留下自己的姓名。但在世界上又有多少人爲了同一目的粉身碎骨而沒留下絲毫痕跡?!而此時此刻又有多少人爲了這一偉大的目的，懷著堅定的信念，肩負著歷史所賦於他們的使命，日夜奮鬥，默默耕耘?!

在綠草茵茵的陵園，我懷著無限的崇敬默禱父輩的英靈安息，我懷著無限的敬意默禱全世界無名的英靈安息，我也懷著無限的敬意向今日爲自由、爲民主而戰的鬥士們致一個小兵的敬禮。

車子徐徐駛離綠草茵茵的陵園，淚眼模糊中，陽光照射下，綠草和白色十字架幻化成新娘的花束，那麼安祥，那麼莊嚴，那麼美麗。爲了今人的幸福，你們已獻出一切，爲了世界的長治久安，我們將繼往開來，直到永遠。

香港一瞥及其他

每次到香港，感受都不同，這個城市的神經好像是外露的，外界空氣稍有變化，馬上有反應。其敏銳、其迅速，絕不是其他都市可比的。面臨一九九七年的抉擇，香港的動盪不安好像凝聚在空氣中，伸手可以觸摸到。

記得在臺北時，不少學者、文人對街區的廣告提出批評，對報刊、雜誌上的文字表示不夠滿意，一心一意保持中華文化的優美、清麗、超凡脫俗。

走進香港市區，隨處可見的卻是詞不達意的中文，街上橫塊牌子，上書「慢行警察」。百思不得其解，因爲有警察，所以得慢行；或是請警察慢行?!都不通呵。趨前一問才知，原來是前面出了車禍，警察正在處理，請過往車輛慢行。拿起報紙看了半天，心想，我還是愛《聯合報》、《中國時報》。

聽著黃皮膚黑頭髮的人們說著流利的英文跟我一字不懂的廣東話，心裡總有種奇怪的感覺，可是，有什麼法子呢？

到香港的第二天，我終於聽到了鄉音——道道地地，貨眞價實的北京話。

女兒生日，我們想最好她自己選禮物，就特地帶她到商店去選購，大街上時裝商店五光十色，女兒像個快樂的小蝴蝶，在色彩繽紛的夏裝中間飛來飛去。爲了給孩子一點選擇的自由，我慢慢地踱開去。華燈初上，商業區的色彩更加奪目。忽然，我聽到了北京話，字正腔圓的京片子！

循聲找過去，三腳兩步轉到了商店街背後一條幽暗的小弄堂裡，借著對面大廈上照過來的光線，矇矓中，好不容易看清了，十幾個青年，有男有女，正在作搬運、清潔的工作，扛箱子的腰彎到九十度，踩著踏板往樓上送，擦油煙機的更是渾身漆黑，只有眼白和牙齒閃著光亮。他們說著話兒，不時夾進一兩句咒罵，一兩句玩笑，那是北京人特有的苦中作樂的玩笑。

我呆住了，看著眼前精瘦、漆黑的一群，聽著那我一輩子聽不夠的京片子，我像塊木頭一樣定在那兒，一動不動，直到女兒在叫：「媽咪，你在哪兒，我選好了呀！」才轉身，走到霓虹燈的光彩下。

夜深了，躺在希爾頓飯店整潔的席夢思上，睡不著。我的同齡人，你們有過什麼非份的要求嗎？你們只是希望能按部就班念一點書，有個正當的工作，還有什麼？最好有個八平方米的小屋，能裝下你們夫妻和一個孩子。除此之外，你們有過任何奢望嗎？沒有。你們得到了什麼？「工人階級佔領教育戰線」、「上山下鄉接受工農兵再教育」、「待業」，沒有路子就多少年過「四代同堂」的日子。牛郎織女二年見一次面，孩子不是認不清爸爸，就是認不清媽媽……，忍無可忍，拼上性命，游泳也好，「探親」也罷，來到了動盪中的香港。沒受過良好教育，沒有一技之長，連語言都不通的你們，除了可以自由地說說話，一日三餐的叉燒包之外，一步之隔的繁華鬧區跟你們又有什麼關係?!

同樣是人，同樣的年齡，同樣的一口北京話，可我們之間卻隔著千重山，萬條河！這是誰的錯，誰的錯呵！

記得在華盛頓，不少人問過我：「這些人和事跟你有什麼關係？你何必呢？」

沒法子，我心疼，我不可能無動於衷。看著《人到中年》，淚如雨下，看著《三生石》義憤填膺，翻開《苦戀》，拍桌子打板櫈。滿腔的怒火，滿腹的不平像壓不住的狂濤在胸中翻滾。

北京人，誰說北京人早已不是北京人了？

箱子重重地壓下來，一個聲音說：

「眞要命，夠沉哪！」

「留點兒神兒，別跟上回似的，再閃嘍。」

「放心，這回我成了。」

「腳底下慢著點兒，到上邊兒，二楞子在那兒接著你。」

儘管頭頂上漆黑，看不見光亮，儘管腳底下溜滑不知下一步的深淺，儘管沉重的箱子在脊梁骨上吱吱地響，不知何時能伸伸腰。伙伴們遞過來的話兒還跟從前一樣熱得燙人。

離鄉背井，身在家門口卻邁不進去的人們呵！夜深人靜，眼前躍動著的還是你們那揮之不去的身影。

一大清早，有人送來了七月十七日的報。巴金在《人民日報》上大聲疾呼：文字改革搞了卅年，文盲還有二億幾千萬。那些不搞文字改革的地區卻沒有文盲的問題，文字改革是小事，普及教育是大事。他警告說：再穿新鞋走老路，「我們連李白、杜甫都丟了」。

多少年了，教育革命花樣百出，文字改革日日翻新，造就了兩代人無知無識，看著他們在美國茫茫然，看著他們在此間作牛馬，心裡的痛惜是無法用言語來形容的。

那些沉重的箱子，那種農業社會的勞動方式重重的壓在我的身上，我的心上。

別了，香港，我頭也不回地踏上北進的火車，繼續我的旅程。

人同此心、心同此理

中國旅行社的人告訴過我們，從廣州上車時，只要一招手，服務員就會幫我們把行李搬上車的。誰想到，臨上車時，一招手兒的不是我們，而是服務員，只見他走到外賓休息室門外（此話不十分確切，此室無門可關，我們的一舉一動，一言一笑，盡收他們的眼底），向我們一招手：「上車時間到了。」之後，就影子也不見了。

一家三口兒，提著五、六件行李擠上車的時候，個個汗水淋淋。好容易把行李塞進了行李架，這不到六平方米的小單間兒裡只剩下喘息聲了。沒有冷氣！沒有電扇！我慌了神兒，趕快抓住一個列車員。

「車廂裡有冷氣嗎？」

「有，這節是空調車，全列車獨一無二，民主德國進口的！」

「那怎麼那麼熱？」

「空調還沒開呢！」

「什麼時候開？」

「開車以後！」

我看看腕上的錶，我們還得蒸十五分鐘呢。

「每次停車都停冷氣嗎？」先生沮喪地問。

「大概不會吧。」我的回答毫無把握。

小小的單間有上下兩層鋪，我問服務員：「那第四個位子賣出去了嗎？」

「現在擠得不得了，每趟車超員，一定賣出去了。」最後的一點希望也完了，得四個人分享這巴掌大的地方。

隨著敲門聲進來的是一位彬彬有禮的黑髮青年，我好生納悶，他們怎麼肯放一個中國人在這裡和我們朝夕共處？

不等我們發問，他用流利的中文自我介紹開了，原來是北朝鮮的留學生，放暑假了，在中國旅行的。

有生以來，我還是第一次和一個北朝鮮人坐得這麼近呢，不知爲什麼，心理上竟然覺得缺乏準備。

天曉得，這位金先生竟談笑風生，似乎早把他們昔日的「敵人」丟到九霄雲外去了。對沿途的情況，他熟悉得很，所以，他忙不贏地說個不停，詳細告訴我們外匯券和人民幣在國內不同市場上流通的不同情況，我們聽得目瞪口呆，對他的見多識廣，十分佩服。

吃飯時間到了，我想我們的情形大概和別的外國人差不多，得關在小單間兒裡吃，進不了餐車的。沒想到順利地買了餐券後，我們四人，我家三口加上金先生，在餐車正好湊成了一桌，也就沒有什麼困擾了。偶有一次，金先生毫無胃口，我們三人照例去餐車吃飯，儘管每張桌子早已坐滿，有人寧肯站在餐車外等，也不肯坐到女兒身邊的空位子上來。害得女兒一股勁兒追問我：「我這兒多出一個位子，怎麼沒人來呀！」我再三向她解釋，她還是不懂，只是傻乎乎地說：「好奇怪喲！」

車到鄭州以前一個鐘頭，我開始動員金先生。

「車一停，我就從車廂左邊兒衝下去，你從右邊兒衝下去，咱們無論如何得買到一隻燒雞。」因為沿途所見，車子在一個站停下後，旅客們一下子就把食品攤商圍住了，沒點兒本事，休想買到任何東西。

「你那麼想吃燒雞？」

於是我告訴他，我們有一位好朋友，老家河南，離鄉多年了，這次千叮嚀萬囑咐到鄭州一定要替他吃一隻燒雞。

「受人之託，忠人之事，我一定得買到這隻燒雞。」我作了總結。

金先生看著我，半天沒開腔，猛不丁蹦出一句：

「沒想到，你還眞講義氣。」

「人同此心，心同此理，要是我多年沒法子回紐約，我也會請人替我去百老匯看場戲的。」

金先生沉默了一會兒，忽然打開了話匣子，告訴我：

「人心都是一樣的，一點兒也不錯，南韓也眞講義氣。」

我一下兒楞住了，爲了顧及他的自尊，一天來，我總不敢觸及這個題目。他滿臉凝重地告訴我：因爲戰爭，他一家人離散了，有好幾口子到了漢城，他來中國求學，同學裡有不少港、澳學生，他們幫他和漢城方面聯絡。

「南韓眞熱心，挺快就幫我找到了。」他喜上眉梢地講完了他的故事。

「北朝鮮政府沒幫你的忙？」

「他們搞個人崇拜還來不及呢，哪來管這些事?!」他竟是一臉的不屑。

「他們建設得到底怎麼樣？」

「還不是一塌糊塗。」順勢，他還朝窗外一點頭，好像他說的地方和窗外的景物沒什麼不同似的。

「你念完了，打算幹什麼？」我單刀直入了。

「去日本求學。」他爽爽快快，想必早已成竹在胸了。

正如他告訴我的，鄭州車站相當冷清，沒有賣東西的，先生安慰我：「早晚，我們會吃上那隻燒雞。」

下車的時候，我們有了幫手，他一直幫我們把行李搬下車，整齊地放在月臺上，才回去搬自己的行李。

「再見了！」我緊緊握著這位北朝鮮青年的手，祝他好運。

旅程的終點

作夢也沒有想到，回到帶給我那麼多溫情又那麼多恨意的某劇院，聽到的第一個消息竟是D君去世了。

「一個月前，上吊死的，……才五十三歲，正是爐火純青的時候……」友人的話斷斷續續。若干年前，我看過他演的阿巴公、胡四、布雷喬夫……看得如醉如癡。當時我心想，莫里哀如果在世大概也會承認D君的表演是登峰造極了吧？若干年來，每看「慳吝人」總還會想，你們演不過那萬里之外的D君。

他是一位那樣精益求精的藝術家。十年「大革文化命」的日子裡話劇跟不上樣板戲的潮流，打進了冷庫，冰凍起來了，十年之後，老的老，小的小，但這個劇院仗著這些藝術家鍥而不捨的精神在全國還是首屈一指的，D君也撐著有病的身子活躍了幾年。

據說，一個反映文革的戲被「槍斃了」。

「槍斃了？現在文化部還敢隨便槍斃一個戲？」我懷疑地問。

「現在，明著不說『槍斃』了，說什麼『還有些缺點吧，能不能改一改呀？』七拖，八拖，拖得人心渙散了，不死也差不多了。」

據說D君在奮力於一部電影時，因爲沒有絲毫照顧而吐過血。據說他自知生命已不久長，希望臨終前演孔乙己，那怕「死在臺上也心甘情願」。但有權的人卻不願給他這個機會，而把那個他那麼熱衷的角色給了別的什麼人……

據說十年大亂中鎭定自若的他，熬過了十年艱辛的他竟然想不開了，竟然用一根細細的小繩就在洗手間裡提前幾個月結束了他的生命，其原因甚複雜，一時間說不淸楚。

「起碼是愛護的不夠。」我說。

「愛護？連起碼的尊重也沒有啊！」友人忿忿然了。

不僅如此，據說還有不少人反對開追悼會呢。

攔住了友人的話頭，我揷了嘴：「我跟我先生都要去參加那個追悼會。」而且，我又大聲疾呼了，「對藝術家來說，落實了政策，有了住處，增加了工資，買了電視機、電冰箱，他們就知足滿意了嗎？他們需要自由的空氣，進行藝術創造的機會！讓他們演哈姆雷特，他們睡地板也甘心！」

第二天，有了確實的消息：追悼會已定於×日×時召開，並給我們發了請帖。

不兩天，收到了，原來是一紙訃告，淸楚地寫明：具有一大堆職稱的D君因病於×年×月×日在×地逝世。謹訂於×月×日在八寶山召開追悼會，有意送輓聯、花圈者請電××處，外省、外埠來京參加追悼會活動者，食宿自理云云。

爲了這個花圈，我犯了躊躇，覺得對情形不十分了解，於是找幾位友人商議。

「你們是外國人，花店會大敲竹槓，買鮮花的，大大划不來。」

「你們的辦法是……」

「殯儀館裡的花圈都是紙作的，現成兒的，會場也是現成兒的，開追悼會的時候兒，更換的只是死者的照片和輓聯而已。……一個追悼會十五分鐘左右……」

「這叫什麼？」

「這叫租花圈，便宜得很，一個超不過十塊錢。」於是，友人建議我先跟殯儀館聯絡。

我想，自己貿貿然去作大概不合適。飯店服務員欣然代辦。不一會兒，他回來了。「殯儀館不管，得跟D君治喪委員會聯絡。」

「結果呢？」

「他們說，您得寫信給他們，寫明輓聯的內容，他們給您租一個，不必您花錢。」馬上照辦，輓聯上先生和我的職稱寫得清清楚楚。

又過了一半天，電話鈴驟響。接通之後，對方竟是一位英文不甚流利的青年女性。詢問之下，原來是D君的二女兒，代表她的家人向我們致謝。語聲輕快而活潑，並一再表示願與我聯絡、見面、暢談等等。順便也告訴我她現在在×飯店內的一家美國公司駐京辦事處作事等等。

我茫然了，難道是該走的又已經走了嗎？不知為什麼，心裡竟有一點兒不平，回說近日很忙，但追悼會我們是一定要去的。

終於在眾多的目光注視下，我們走進了殯儀舘的大門，撲面而來的是誠摯的問候，老人的感慨，中年人的婉惜，青年人的憤慨，當然也不乏奉迎的微笑，殷勤的「假客禮」。更有文革中的打手們站在門側，臉上浮著一層假笑。在他們面前，我和先生大步走了過去，臉上鐵板兩塊，只聽見我的高跟鞋在地板上踩得山響。

D君遺孀循中國老例，面面俱到，惟恐對任何人招呼不周，看她心力交瘁的樣子，我只說出一句話，「多保重」。

一進入靈堂，D君的大幅照片擺在中央，眼睛裡還是透出那麼智慧，那麼執著的光，一輩子沒玩過政治的藝術家，你還是不能瞑目嗎?!

果不其然，我們的花圈排在第四，前三個是黨政要人的。有時，我腦子裡會惡作劇地想：你們高擡貴手，讓他用他最後的生命再演一個戲，大概比這三個花圈有價值得多吧?!D君，在你知道病已入膏肓時，你要求過什麼?A制不行，身體太差了，安排一個B制吧！那是你唯一的呼聲，你只要求可以踏進排演場的大門，但那個大門關上了。你已只有幾個月的生命，但你再也看不出這幾個月的生命對你，對你這位表演藝術家來說還有什麼價值。讓該來的早一點來吧，你不願無聊地等……

沉重的哀樂聲中，哭得淚漣漣。不止爲了D君一個人，也爲了這個曾頗負盛名的劇院，這個曾把莎士比亞、契柯夫、莫里哀、易卜生、泰戈爾、老舍的世界展示給中國人的輝煌的劇院，在久經折磨之後，過早地顯出了老態，她的極盛時期如曇花一現，再也不會回來了。

先生輕輕地握住我的手：「你還受得了嗎?受得了在這個地方再住一段日子?」

「受得了。」我嗚咽著：「我不過是旁觀者，還有什麼受不了的。不過，我們這一段以婚禮開始，卻以喪禮結束的旅行是眞的告一段落了。」

——一九八三年深秋刊於《中華文藝》——

兒子在北京出生

現代人結婚生子多經過周密安排，一切均在計畫中。我們一九八三年到一九八六年派駐北京的美國大使館，心想在這期間生一個孩子倒滿理想的。兩次大搬家之間有三年空檔。如果更理想一點，孩子在一九八五年下半年出生，既可以踏踏實實教兩年書，又可以在產後有八、九個月時間待在一地不動，少了旅途勞頓，對大人、孩子都好。

至於出生地，我們是準備回美生產的，在北京不過是作作產前檢查而已，沒覺得會有什麼事發生。

一九八五年初，孩子眞的來了，大使館的安德森醫生揮舞著檢驗報告，連聲道喜。同時，他也鄭重警告：患有風溼性心臟病的孕婦「不宜遠行」。

一句話，他取消了我回美國生產的計畫。

我們依然沒有擔心。好幾個朋友都是產前飛香港的。她們都沒有任何意外，我想不出自己會有什麼問題。

懷孕七個月了，腰圍已超過五十五英寸，再加上自己卅八歲懷這個孩子，多少有點怕怕。於是「提前」向英國航空公司「報到」，詢問飛香港的具體事宜。

萬萬沒想到，英航職員雙手一攤，說「不能考慮」。我們再三向他們解釋，離預產期還有足足兩個月，北京飛香港只有短短四、五個小時，不會有事的。

他們依然一副愛莫能助的表情，也再三向我解釋，依目前的情形，幾乎無法扣安全帶，有緊急情形，更是穿不上救生衣……

「這裡是中國大陸，任何意想不到的事都會發生。到了那種緊要關頭，我們如何保護您母子平安？」

一位職員誠懇地對我說：「我敢帶您飛越英吉利海峽，可我沒有勇氣帶您飛越這塊土地。」他用手指了指腳下四平八穩的硬木地板。

我黯然。對這塊土地的了解，自認比這位英國職員深入得多。他的話，當然有道理。

一切從頭來，我們開始準備在北京迎接我們的孩子。

首先，我和首都醫院外賓門診的醫生聯絡，告訴她我們的新情況。這七個月來，我已經見過兩位門診醫生；在這裡就稱她們爲A醫生和B醫生好了。她們不但技藝高超而且和藹可親，給我留下很好的印象。所以，我想，到時候，這兩位醫生無論哪一位在場，都會逢凶化吉的。

又一個沒想到。B醫生一聽說我將在北京生產，就手裡捏著鉛筆，僵在了那裡。

「你不是去香港的嗎？」

「不成。航空公司說太危險。」我平靜地回答。然後問她：「您那個時候在產房嗎？」

「不在，我要十一月一號才調外賓產房，你的預產期是十月廿一號。」

「那麼A醫生呢？她也很好的，她在不在？」

「她也不在。」B醫生簡直快哭出來了。

糟！這下子要由完全陌生的醫生爲孩子接生了，我心裡不由得七上八下起來。

「你的心臟不好，孩子又大，你又是高齡產婦……」B醫生一掃平日的鎮靜、沉著，語無倫次起來。

我明白了，她是信不過十月份在外賓產房值班的醫生才會有這些表現。事已至此，我想到了安德森醫生，決定和他商量。

B醫生覺得安德森醫生雖不是婦產科專家，卻是一位經驗豐富的內科專家。如果，臨產時，他能在醫院，總是好事。

我去他的辦公室，他一口答應：「無論白天、黑夜，我一定守在你身邊，提供一切必要的醫療服務。」

從醫四十年的安醫生口碑極佳。我大大地放了心。

「別忘了，繼續運動。只有運動才能縮短產程，才對你母子有利。」

我已經出了門，他還在我身後大聲叮嚀。

車子是不能騎了，每天的散步，游泳，沒有間斷過。一直到十月十九日，預產期的前兩天。

下午，意外的，安德森醫生和我先生同時出現在我家客廳裡。

看他們凝重的神色，我知道出了事。

「W先生患結石症，在首都醫院住院。」安德森醫生開始說。

「他怎麼樣了？」幾天前，我去看過他，他曾是我的學生而且是最優秀的學生之一，我當然非常關切。

「他痛苦不堪，但那裡的醫生說，中國大陸的鎮靜劑達不到國際標準，不能給外國人施用。再拖下去，他會痛壞。」我先生這樣告訴我。

「這是頭一次，我們有重病人住進首都醫院，關於痲醉劑的事我也是初次聽說。」安德森醫生難過得要命。

「所以，安醫生決定親自護送W先生飛香港。」我先生接了下去。

「這樣，在飛機上我就可以開始使用鎭靜劑，減輕他的痛苦。」安德森醫生說出了最後一個關鍵。

我已經想到了，到了我生產的日子，不但沒有痲醉劑而且安德森醫生將不在身邊。看著我先生滿臉的絕望，我安慰他：「不就是生個孩子嗎？幾個鐘頭的事，挺一挺就挺過去了。」

他們聽了我的話，不但沒有放心，反而驚異得不知如何是好了。

「你畢竟是美國外交官夫人。你的護照和那本外交官證也許會使他們對你的健康稍加留意。」安醫生試圖寬慰我。

事情到了這個地步，自己的身家性命將交到素不相識的人手中，我無論如何不會再相信護照和外交官證會有什麼神奇的力量。相反，由於當局幾十年如一日堅持的「內外有別」的政策，好心人一想到「涉外」兩個字，恐怕也是無能爲力了。我將陷於孤立無援的境地，B醫生的驚慌實在是很有道理的。

一旦面對現實，我馬上回到了若干年前，在大陸掙扎活命的精神狀態。一句話，我得靠自己。

再一想，現在情形畢竟大不相同，我還有我的先生，他的智慧也會助我一臂之力。我完全心平氣和了，對安德森醫生說：「你放心走吧，好好照顧W先生。我不會有事的。」

醫生一離開，我就抓起游泳衣，「走！陪我游泳去，運動有助生產。產程越短，我受的苦越少。」

「還有兩天就是預產期了，你還要游泳?!」我先生目瞪口呆。

「放心，到了這種日子口，你就聽我的吧！」

幾個月前，醫生確定我們將有一個兒子的時候，我並沒有什麼了不起的感覺。男孩女孩對我們來講，並沒有什麼不同。可是現在，我像一個大氣球似的浮在水面上的時候，我熱切地希望那是一個兒子，我對他說：「小勇士，到了日子，你就好好往外衝，咱們母子倆一塊兒闖過那個鬼門關。」

兒子好像聽懂了。他伸拳，踢腿，狠狠地動了一下。我也伸開雙臂，用力拍水，在泳池裡一個來回又一個來回游我的仰泳。

第二天，秋高氣爽，雖是十月下旬，還不怎麼冷。一大早，先生就催我出門散步。瞧著北京東郊灰濛濛的煙霧，忽發奇想。

「去香山吧，今年的紅葉還沒看呢！」

我先生睜大眼睛，「香山可不近，平常還好，現在這個季節，開車來回起碼三、四個小時，路又不好。萬一你來不及了，怎麼辦？」

「來不及了，就找一家公社衞生院，沒準兒還因禍得福呢！」我樂著，準備上路。

到了香山，我也不肯坐在高大、寂寥的香山飯店發呆，腳踩著金紅的落葉，走上了山道。

當然，沒勇氣爬山了。在山道上走到汗水淋漓也就盡興而歸了。這一天，平安無事。

十一月廿一號清早，我跟先生說：「陪我上醫院吧。」

他拎來一個小手提箱，把我準備好的嬰兒用品放進去。我說這個小提箱不夠大，拿一隻大號旅行箱子才成。

當我把從香港買來的一大包一大包的消毒紙墊裝進去的時候，他忍不住問：「你是去醫院呀！這種東西他們應該有吧？」我說：「萬一他們一天只給我換兩次呢？我怎麼辦？自己預備著，萬無一失。」等到我把一套又一套睡衣放進去的時候，一向掛在我先生臉上的笑容不見了。他愁眉深鎖地瞧著我。

他是一個守法的人。不但守法，而且守規矩。這麼一位守規矩的人，如果被那些不負責任的醫護人員阻到了門外，在關鍵時刻，我自顧不暇，誰能保護我們剛出生的兒子?!於是我對他說：「無論如何，你要在產房陪我，我和兒子需要你。」

他說：「當然。」

「醫生、護士可能不讓你進去。」我坦白相告。

他呆住了，想不出如果被阻止，他還有什麼辦法。

「你只要抱定陪我的決心就成了。其他的，我來想辦法。」我安慰他。

首都醫院急診處的窗口，裡邊笑語喧嘩。

我把那本腥紅的外交官證遞了進去。

「什麼病啊?」

「產科。」

「發作了沒有?」

「沒有。見紅了。」

「多大歲數了?」

「卅九。」

「早著哪！外賓病房挺老貴，一百多塊（元）一天……」

「我必須住院待產。」不由她說下去，我斬釘截鐵。

「住就住唄。」

外交官證被推了出來。

一會兒，側門裡一位護士推著一張輪椅走出來。我坐了上去，七彎八繞，停在了「產科」大門外。

「主任來了沒有？美國大使館的。」一路上一言不發的小護士忽然放聲大喊。

「發作了沒有？」一個聲音從遠遠的走廊深處叫出來，在四壁之間嗡嗡地迴響。

「沒有。一點兒動靜也沒有。」我身後的小護士還在大吼大叫。

「九號房等著。主任一會兒就來。」裡面那個聲音又喊了回來。

一進病房，我輕輕鬆鬆地下了輪椅，那小護士馬上推了就走。

「有錢燒的，啥動靜也沒有，住院來了。」她一路走，一路還在跟什麼人嘟囔。

首都醫院的前身就是協和。現在的外賓病房、高幹病房都還保留老協和的設施。衣鈎上、門把手上都有明顯的英文標記。

當時，我在病房裡走來走去，不覺有異。一張病床，一個床頭櫃，順牆放著。兩張小沙發和中間的茶几，面對一臺電視，在房間的另一側。這倒是不錯的安排，我們可以坐在那兒看看書，看看電視，度過這無聊的等待時間。小沙發一側有一道門，推開一看，是個衞生間。洗手池、抽水馬桶、浴缸之類的設備俱全，只是沒有醫院常有的來蘇味。床上的床單、枕套都是淺灰色，倒也洗得乾乾淨淨。我挺滿意。

我先生心細，打開床頭櫃。裡面空無一物，產科病房必備的大卷衞生紙之類都不見影踪，他把我的箱子放在洗手間的進門處，爲的是取用方便。

等了一個鐘頭，那位產科主任才出現。鏡片後面一雙閃爍不定的小眼睛。一打照面，我已經有了不信任的感覺。

「還沒動靜吧？這麼大的歲數，最快也要到明天上午了。」兩句話，她就作了結論。隨後就在沙發上落了坐，擺出了聊大天兒的架勢，開始大談她去年美國之行的種種趣聞妙事。

在外交界服務多年的先生，早已熟悉文不對題的空談。可他還是忍不住地表現出厭煩。我明白他的感覺，醫生在病房裡「侃大山」無異於褻職。我對大陸上的「假、大、空」熟得不得了，對這位主任的行徑則是見怪不怪。他到底忍不住了，揷了進來：

「我太太臨產的時候，我要在產房陪她。」

「噢，這在美國好像是一件很流行的事。夫婦共同參與……」她馬上把話題引開去，倒好像是我們在趕時髦。其實潮流是小事，我先生總覺得作母親的已經在吃苦受罪，作父親的能陪在身邊，總是盡一份該盡的心。現在的情形絕非我們原來的設想，而是爲了合力對付意外的發生罷了。

北京眞是一個可以把任何理想主義的浪漫情懷擊得粉碎的地方。

我們的沉默終於使這位主任停止了無邊無際的閒扯。

晚飯前，她還來過一次，說是「這麼大歲數兒，明兒見了。」揚長而去。

我先生捧著一本書，枯坐了一天。我能走就走的在病房裡也走了一天，兩人都疲倦不堪。我要他先去好好吃頓飯，然後回家睡覺。

「到時候，我打電話叫你。」我向他保證。

走了一整天，實在困乏了。吃了晚飯就躺在床上休息一下，看看書。幾分鐘就昏昏沉沉睡了過去。

忽然之間，我被痛醒，痛的頻率又快又緊，我翻身爬起來，開了天花板上大燈，腕錶指著差十分十二點。不知不覺睡了差不多四個小時，精神倒是蠻好的。等著陣痛間歇走出門去。走廊裡一張寫字檯上，亮著綠瑩瑩的燈光。值夜班的護士在燈下看書，厚厚的一本。心想，這女孩子還用功，值班無事，讀點業務書。

我還未走近，那護士竟扯起喉嚨喊起來，「深更半夜的，你幹什麼你?!」

在大陸，商店售貨員，飯館服務員，醫院門診工作人員說話像吃了槍藥一樣，我早已習以爲常，只當沒聽見，伸手去拿桌上的電話。

「半夜還打電話呀?!」她又叫起來。

「我快生了，給我先生打電話。」我依然心平氣和。

「你還早著呢！明兒上午生不生都不一定，半夜打什麼電話?!」她的聲音愈發尖銳，一臉的橫不講理。

一陣痛，我用雙手撐住桌面：「你去把值班醫生叫起來，準備好產房，誤了事，我就告你！」

當時，她坐在椅子上，我站在那裡，居高臨下，大概非常可怕。

她啪地一聲合上書，往椅背上一靠。書皮上赫然印著「金陵春夢」。我心頭的火再也按捺不住，對她大叫：

「把那撈什子給我放下！馬上去找人！」

她翻了個白眼，懶懶地走了，這回沒有出聲。

欺軟怕硬的東西！我強按住狂跳的心，掙扎著抓起聽筒，撥響了家裡的電話。叮鈴，只一聲，話筒那邊傳來了他的詢問：「你怎麼樣了？」可以想像，他是拿著一本書，守在電話機旁的。

「差不多了。」我回答，努力把喘息聲壓到最低。

「我馬上就到，你千萬當心。」

放下聽筒，走回病房，可沒有走出來那麼容易了。一步一挨，須得大口喘氣。未及一刻鐘，我先生已經站在病房裡了。我們周圍沒有醫生，也沒有護士。我靠在床上，只剩下從牙縫裡噝噝吹氣的份兒，再也說不出半個字。我先生在地板上轉磨，走出走進。樓道裡死寂，看不見半個人影，值班檯上還是亮著綠瑩瑩的光。時間一分一秒地過去。頭上滴下的汗水濡濕了枕頭。我先生的臉色蒼白，他的忍耐已到了盡頭。

腕錶的指針指向凌晨一點，樓道裡終於傳來了踢踢踏踏的腳步聲和嗓音尖尖的說話聲。

「那個病人怎麼回事呀？主任說她明天能生就不錯了。」

「我看是沒事兒找事兒。」是那個值班護士的聲音。

門本來就開著，兩個人踢踢踏踏地走進來。我先生站在地當中，連打招呼的興致也沒有了，只冷冷地瞧著她們。

「怎麼樣？幾分鐘痛一次呀？」白帽子和大口罩之間是一片混沌。我已經沒有精神回答她，只揮揮手：

「進產房。」

「在產房等幾個鐘頭，可是很累人的呀。」她還在嘟嘟囔囔。

我掙扎著站起身來，忽的一下，向背後倒去，一股熱流順著睡褲直淌下來。

據我先生說，當時，「那個女人」也慌了。忙從房間外邊推進一張床來，是我先生把我抱上去的，我只來得及說一句：「Stay with me!」就天眩地轉起來。

那張床飛快地向什麼地方滾去，我只看得見頭頂上一團團的燈光，也看得見是我先生在推床，值班醫生只是跟著跑，一邊指點著方向。那個值班護士早就不見了。

床停住了，頭頂上，一扇門開著，我聽到了爭執聲。

「你不能進去。」

「我一定要陪她。」

「不行！」

這一聲「不行」把我在大陸生活時期所有的痛苦經歷化作了一聲沉雷，重重地碾過心頭。

我平伸出兩臂，死死地抓住了門框，勉強擡起頭來，對她叫：「我要我先生在這裡。」自己覺得叫得很大聲，可不知他們聽到沒有？但無論如何，我的臂膀卡在那裡，門是進不去了。

我先生的聲音清晰地傳來：「白天，我跟你們的主任說過。」

謝天謝地，極度失望激發了他的智慧，衝垮了他循規蹈矩的作人準則。

我看到了他戴著大口罩的臉。他把我的手從門框上「摘」下來。

「Don't worry. I'm here.」他這樣說。

整個產程，他都站在我頭前，一次次拭去我頭上、頸上的汗水。我只能咬緊牙關，作深呼吸。一個奇重無比的東西壓在我右腿上，看清了，是那醫生把我的腿當成了椅背，靠在上面打盹兒。

整個產程就是我一次又一次地把那個打盹的人閃下來，她再一次一次地靠上去，繼續「等待」。

這中間，無影燈下，我總看到一個晃動著的小小白色人影，那人影移動著，伴隨著的是器械的輕響，我想看清她，沒有成功。

心慌，心狂跳著，頭暈，一切都開始旋轉起來。

我隱隱地聽到了一個尖利的聲音：「這個病人怎麼這個樣子？你倒是用力呀！」我眞想叫：「你推一把呀！你就一動不動地站在那兒打盹兒嗎？」可我張張嘴，沒有了聲音。

我先生俯下身子，離我很近，一個字一個字傳了過來：「我已經看見了兒子的頭髮，馬上就好。」聲音溫和，一如平常，但他指尖的顫動，表示了緊張。

我鬆開了一直緊握著先生的手，雙手狠命抓住產床兩邊的鐵架子，拼出全身的力量，我暈眩中，一個意識淸楚地擊打著：兒子卡在產道裡，是母親拼命的時候了。

隨著兒子的第一聲咆哮，我的心落回了原位。兩手一鬆，嚯啷一聲，一個鐵傢伙掉在水泥地上。原來，我把一個鐵扶手生生地掰了下來。

一會兒，那小小的白色身影走近了，我看到了一隻大手，托著我兒子的頭。小臉已經洗得乾乾淨淨。我很想摸一摸那隻大手，一定是溫暖，有力的。我這麼想。擡頭看上去，五顏六色之中，有一雙笑盈盈，亮晶晶的眼睛。

無論怎樣虛弱，我依然說出了心底的感激：「謝謝你。」

那個時候是廿二日凌晨三點廿分。

回到病房去的時候，只有那位在產房一聲不響的助產士送我回去。她默默地把一塊紙墊子鋪在床上，甚至還帶來了一套乾淨的睡衣。我先生和她一塊兒把我放在床上。對我們的感謝她只是默默地點個頭，輕輕地退了出去，順手輕輕地拉上了門。

「兒子怎麼樣？」我急著問。

「好著呢，我自己把他的姓放在他小手腕上。」

「他們會不會把孩子弄錯？」我還不依不饒。

「我看清楚了，兒子的眼睛是藍色的，他有九磅重，廿三英寸高。最近，外賓產科病房只有你一位產婦，不會弄錯的。放心好了。」

他的眼睛網著紅絲。

我對他說，「你回家睡一會兒吧。有事，我會叫護士。」

他把叫人鈴的繩子放在我枕邊，「好好睡，四個鐘頭以後我再回來。」

他的腳步聲剛從走廊裡消失，一陣又一陣淒厲的產婦的嚎叫驟然在暗夜中響起。當一切的緊張、痛楚漸漸遠去的時候，這一聲聲的慘呼越發清晰地傳進耳膜。

其中，更夾雜著醫護人員的喝斥聲。

「甭喊，越喊越生不出來……」

「這會兒叫，早幹嘛去了……眞是的……」

「還生不生了？一個夠了吧？趕緊紮了吧，省得再來下一回……」

記起一位作家朋友曾經這樣對我說過：「在『一胎化』的政策下，再加上卅年來形成的人口壓力，中國大陸的產婦受到了最不人道的待遇。」

我躺在血泊裡，聽到的正是對他這番話最具體的詮釋。

一個鐘頭不到，身下的紙墊已完全濕透，實在受不了，我拉鈴叫護士，開門的是那位值班的。她推開門，就站在門口，樓道裡的燈光從她身後灑進來，在地板上拖著一個長長的黑影子。

「又什麼事兒啊？」她極不耐煩。

「請你拿一塊紙墊子進來，這塊濕透了。」

「早晨八點，連換床單兒一塊兒換。這會兒沒有！」她拉上門走了。

還有三個多鐘頭。聽著不知何處產婦們的慘叫，自己又泡在濕熱裡，實在合不上眼。我瞥一眼放在洗手間門口的箱子，目測一下距離，不過三步之遙，決心試一試。

慢慢坐起來，還成，人軟一點，暈倒是不暈。沉住氣，下了地，伸腳搆著了拖鞋，兩手撐著床，一點一點站起來。一站住，這才覺得不妙，人一搖，險些跌倒。邁不開步，只好再坐下。兩手沒有撐持，那三步之遙竟成了天塹。

拉開燈，一室明亮，左右瞧瞧，只有一條路可走：扶著牆，繞室半周，去翻我的東西。

這一番掙扎，不提也罷。沿牆留下的滴滴血跡刺得眼睛生疼，只好不看。雙手扶牆，一寸一寸地挪。不錯，總算搆著了我的箱子。香港生產的產婦專用紙墊又厚又軟，下面有一層薄薄的塑膠膜，可以保護床墊的潔淨。而且每張墊子綴有一根紙帶。我拉出五條來，一一套在手腕上。一眼看見箱子裡柔軟、乾燥的睡衣，不顧一切，抓出一套夾在腋下。回程手上有了份量，免不了雙手打顫，兩腿拌蒜，地下的血跡塗來抹去，一塌糊塗。

費了九牛二虎之力，冷汗滴滴的，挨回了床邊。扯下醫院那個薄薄的紙墊——早已成了一張血餅——扔在地當中。床單也濕透，順手扯了下來。

這一扯不要緊，床墊露出了眞面目，比地圖還花梢，眞是不忍卒睹。我把手上的紙墊鋪開，挺好，只用了三張，平平整整鋪滿一張床。中間再來一層，手邊還有一塊備用的。我對自己這趟「遠征」非常滿意。

身上的睡衣也早已一團糟，換了下來，捲一捲，丢在地上。

這一次躺下去，覺得自己像個人了。熄了燈，準備合眼。

正在得意間，忽覺有異，半明半暗中，沿著牆邊什麼東西蠕動起來，丢在屋子中間污糟的衣物也動了起來！我不是眼花了罷?!

趕快拉開頭頂上的大燈。天哪！巨大的蟑螂正在沿著牆壁，沿著衣物，成堆地滾爬著……

心一慌，拼命拉鈴，繩子都被拉斷，也沒有人走進來。

再也無法入睡，開著大燈，瞪視著地上此起彼落的蟑螂，忘記了一切，一心一意盼天亮。

七點一過，一線曙光射進了玻璃窗。吃飽喝足的蟑螂們數量稍減，但仍有數以百計的在爬動著。

門一開，我先生一腳踩進來，驚得呆在原地一動不動。

四目相望，無言以對。

他沒有把門拉上，直接去找值班的。

「這有什麼大驚小怪的?產科、外科病房，蟑螂就是比別的地方多。」

「你們一天清掃幾次?」

「一次。早上八點。」

「多久使用一次來蘇?」

「一禮拜一回吧？沒準兒！」

一轉眼，他回來了，不知從哪兒找了個禿頭拖把，一下下把室內的污物清出去，直接堆在走廊裡。馬上，兩位女清潔工拎著水桶，抹布走了進來。很快作了比較徹底的清潔。她們走後，時針剛指七點半。

「我不該走的，丟下你一個人在這兒活受罪。」我先生悔得不得了。

「我早該想到的。只怪心底裡總存著一個願望，總覺得他們會有所改進。不過是又上了一次當而已。沒什麼大不了，一夜沒睡罷了。兒子怎麼樣？」

「我剛去過，他挺好，A醫生在嬰兒室值班。」

想到A醫生，我放心了。這才覺得困倦得渾身痠痛。

等到九點多鐘，那位主任大人前來查房的時候，病房裡除了大件家具外，鋪的蓋的，一應什物早已換了我們自已的。我睡在香噴噴的乾淨床單上，枕頭墊得高高的，閉目養神。我先生早已一卷在手，舒舒服服地靠在沙發上。他帶來的小音響在茶几上播放著舒曼的小夜曲。

主任看著這一室的寧靜，眼光掃過被我拉斷的叫人鈴，說不出話來。

美國人自有他們表達輕蔑和不滿的方式。我先生從雜誌上擡起眼睛，一聲「Good

morning！」之後，不等回答就繼續埋頭於他的《經濟學家》，根本沒有搭理她的願望。

我倒不是存心怠慢她，實在是這一夜身心都疲累到極點，沒有力氣打招呼了。

「主任查房了啊！」護士在門口叫了一聲。回答她的是一室寧靜。

主任悻悻地退了出去。那是我最後一次瞥見她。

這一天過得溫馨而愉快。臨走時，我先生把一切需用東西挪至床前伸手可及的地方。既抱定了「萬事不求人」的宗旨，一切就容易得多了。

前一夜的噪聲，這一夜依然出現，但疲勞已極，也就聽得不那麼眞切，昏昏沉沉睡了過去。

睜開眼睛，滿室明亮，我先生已經坐在沙發上喝咖啡。兩人算算日子，這已經是住進來的第三天，再有兩天就可以回家了，不覺鬆了口氣。

「一會兒，護士就會把兒子送過來。」我先生一臉興奮。

「他在睡覺嗎？」我熱心得不得了。

「A醫生說他這兩天不是吃就是睡，忙得很。」他很鄭重。

忽然門外響過一陣叫嚷。

「十九床怎麼回事兒？」

「嚷嚷著要熱敷，H醫生也真是的，好好的，熱敷個什麼勁兒？」

「沒事找事，不管！」兩三個聲音一連串地過去了。

「醫囑可以不遵守，這裡的護士可真夠霸道了。」我先生覺得莫名奇妙。

「『文革』後遺症，十年八年是痊癒不了的。你別看那個小護士，有專業技能的醫生，政治地位恐怕還不及她……」

話還沒說完，走廊裡又風風火火地一通叫嚷：

「西單來鳳凰車了！」極興奮地。

「你怎麼知道？」另一個追著問。

「剛才，小劉告訴我的。」

「哪個小劉？」

「傳染科病房的。她姐在西單商場賣貨，哪還有錯兒？」聲音停在門口。呼的一聲門開了，那護士一手抱孩子一手推著門，還在和身後的人聊著。

「你剛才瞧見小劉啦？」後邊那一位也跟了進來。

「沒錯兒，我們倆在她們科走廊裡聊了半天呢！」抱著孩子的護士一邊不停嘴地聊著，一邊走到我床前，把孩子放在床上，打開布單。

兒子的眼睛，藍得澄澈，看著這個奇異的世界。

「要多少僑匯劵兒？」後邊那位還在問。

「沒打聽，我們聊了一會兒，她才想起買車的事兒。回頭，我再去問她。」

「問清楚了，回來告訴我啊。」那個護士搖著手兒走出去了。

這位挺義氣：「放心，準給你信兒啊！」

她們的話兒說完了，這才輪到我們，「一個鐘頭以後，我再來接孩子。」車轉身，想走了。

「請等一下，你從嬰兒室到這兒，一定得經過傳染科病房嗎？」我問。

「沒錯兒，外賓病房和嬰兒室隔著一幢樓，從樓裡過，不走傳染科，從哪兒走？」她笑得挺舒心，不覺有異。

「我也去了嬰兒房，從那裡穿過外走廊，不必經過傳染科。」我先生插了進來。

「那多遠！」護士樂了。

「請你轉告A醫生，我的兒子不再回嬰兒房，我今天出院。」

「出院？你還沒拆線呢，出什麼院？」她還是笑容滿面。

「我可以去門診拆線，我可不願意出世不到三天的嬰兒不斷出入傳染病房。」

這次，她不再嘻嘻哈哈，悄悄地退了出去。

辦完了手續，這一天的中午，也就是兒子出世五十七個鐘頭以後，我們抱著他離開了首都醫院。走前，我先生沒有忘記從使館送來的鮮花中，選了一朵淺藍色的康乃馨插在他的西裝上衣口袋上。

我們剛出現在醫院門口的停車場上，遠遠近近的笑容，無數關切的詢問，「只瞧一眼」的要求，「多棒的大胖小子」的驚嘆，把我們淹沒了，溶化了。我們把一切的不快丟在大門裡，帶走了北京人對兒子的祝福。

五年過去了，兒子在曼哈頓學步，在維州成長。每逢他告訴人們：「我是在北京出生的。」我馬上記起的，正是那個金色的中午，衣著普通又普通的善良人們給兒子的無數關愛和祝福。

——一九九一年二月十九日刊於美國《世界日報》副刊——

三歲小兒的惡夢

去年夏天，由於工作調動，我們從紐約市搬回了維吉尼亞。第一個必須面對的問題就是給不足三歲的兒子找一間合適的學校。

當時，小傢伙每週兩個上午在聯合國的「國際學校」上學。對那個學校我們沒有什麼可抱怨的。每個課室只有八到十個孩子，卻有兩位老師和一位保育員。可以這麼說，每個孩子都得到了經心的照顧。唯一美中不足的是老師們過於依賴家長。孩子一旦哭鬧，他們馬上請家長進入課堂。所以，孩子在學校的時間，家長或保母必須寸步不離地守在那裡。我們覺得，這未免使孩子們過於依戀家人。

但無論怎樣，對於學齡前的幼兒來說，首先他們需要同齡的玩伴；再有，他們應當對「學校」這個概念有個良好的感覺。在這兩方面，「國際學校」都是無可挑剔的。

問題的開始

到了維吉尼亞，打開當地政府寄給我們的學校目錄表，找到了兩個離家最近的學校。其中一個收政府津貼，特別照顧低收入家庭的幼兒，我們沒有資格。於是，一所蒙特梭瑞(Montessori)學校似乎成了最佳選擇。

在大城市住久了，一直沒有開車的必要。現在，我們的新房子離地鐵站很近，出門走幾步就有公共汽車站，似乎學開車不是當務之急，也就沒有提上日程。

聽說，這間蒙特梭瑞學校有不錯的名氣；而且，離家又近，推兒童車上學，只需十分鐘，一切都很理想。

爲了「保險」起見，在註册之前，我們曾去學校和校長先生作了兩次長談。他把蒙特梭瑞的理論作了詳細介紹，我只得到一個印象，這個學校將以多種方式加強幼兒的獨立性。這也不錯啊，正可以彌補「國際學校」的不足。我挺滿意。

和朋友們談起來，有些人當卽指出：蒙特梭瑞學校有很奇特的教育手段，並不是每個孩子都能適應的。

如果孩子不適應，我們怎麼辦？我有什麼樣的能力幫助孩子離開這個學校？當時，我們正忙於安家，我自己又在忙著把一部將完的小說殺青，沒有深想。

於是，在考慮不周的情況下，對於不開車的我來說，這所學校成了我兒子唯一的選擇。而這個選擇給我兒子帶來的傷害有多大，到現在我還很難說清楚。

最初的日子

九月底，孩子上學了，迎面而來的是一位相貌平常，不苟言笑的東方裔婦人巴太太。美國本身是多民族國家，東方女性多數溫柔，文雅，深具愛心。我很客氣地向她問好，她也很和氣地向我們打招呼。孩子向我道再見，自己走進了課室，並沒有人催促，我放心了。

學校的門、窗在我身後嚴嚴地關上了，我有點不安，但還是一步三回頭地離開了。

接孩子的場面轟轟烈烈，至今難忘。

大門一開，孩子們一個個又哭又叫衝出門來，衝進家人的懷裡，那一片哭聲至今轟響在耳邊。眼睛紅腫的兒子伏在我肩上，喃喃地告訴我：「媽咪，我在學校一直哭，我想你。」

母親們淚眼婆娑地抱著自己的孩子，面面相覷，不知如何是好。

當然，毫無疑問的，每天清早，我得面對「勸說」兒子上學的艱難。心灰意懶的時候，總是這樣安慰自己，凡事總有一個過程，這個適應的過程過去了就好了。

到了週五中午，巴太太板著臉告訴我，要我「想辦法」，「禁止孩子哭鬧」。我回答她，是她得「想辦法」，因爲我的孩子在家裡非常快樂。她一聲不響轉身就走。

第二週，一位憂心忡忡的母親對我說，她的兒子「堅決」不去學校了。她從車窗裡伸出手來：「再見了，祝你好運！」

「你不再來了嗎？」我悵然地問。

「我去找別的學校。」她這樣說。

回到家裡，打開地圖，許許多多學齡前學校都在「附近」，距離都在一兩個英里左右，必須開車去，沒有地鐵可乘，也沒有順道的公共汽車！

第二週，情況大變，這所蒙特梭瑞學校十分安靜，孩子們慢吞吞地走進去；快快地，無聲地走出來，他們不再哭，可也不笑，表情木訥。

三歲小兒的反抗

我的兒子每天清早一看到學校，正在嘰嘰呱呱的小嘴就閉住了。離開的時侯，一言不發地把小手伸給我。把他放進小車，他絕不回頭看一眼，一直到車子走上大街，學校被遠遠地拋在後面，他才開口講話。

學校的寂靜是怎樣來的，至今還是謎。

我在路上問兒子：「你在學校玩得好嗎？」

「不好。」

「老師給你們講故事嗎？」

搖頭。

「教你們唱歌嗎？」

搖頭。

「帶你們作遊戲嗎？」

搖頭。

「玩拼板嗎？」

點頭，補充了一句：「我自己玩。」

第二天，我向巴太太要一張兒童活動時間表，也就是幾點到幾點，他們都作什麼。巴太太傲慢地回答我：「每個孩子作他們自已要作的事，自我完成教育是蒙特梭瑞的教育思想。」

也就是說，孩子在學校裡並沒有玩件！

然而，「尊師重道」是我們根深柢固的傳統觀念，我仍然抱著「再試一試」的願望，而且幻想能和巴太太溝通。

一天，巴太太搖著一頭亂髮向我叫著：「你的兒子對我叫喊！」

「爲什麼？」

「孩子們都坐在地板上吃點心，只他一個坐在桌子旁邊。他說，他媽媽不讓他坐在地上吃東西！這對別的孩子不公平！」她又喊又叫。

「巴太太，請不要激動，不要叫喊。」我平靜地說。

「我沒有叫喊。」她又提高了八度，幾近淒厲。

「如果你用這種聲調和孩子們說話，他們一定會對你叫起來，如果你平靜一點，他們也會安靜下來。」我仍試圖說服她。「而且，我兒子說得對，我不讓他坐在地上吃東西，這不是我們的習慣。」

「那對別的孩子不公平。」她堅持。

「您爲什麼不讓所有的孩子坐在桌子旁邊吃點心，像他們在家裡一樣呢？」

她無言，腳步很重地走開了。

我問兒子，「別的孩子都坐在地上吃東西嗎？」

他肯定地回答我：「Yes.」

「你呢？」

「我坐在桌子旁邊，我是好孩子。」他很自信地回答。

過了一些日子，他告訴我：「所有的孩子都坐在桌子旁邊吃東西了。」他笑了。第一次，說到學校的事，他笑了！

可憐的孩子，他才三歲。

兒童推車帶來的煩惱

從入學的第一天開始，我就從巴太太和校長先生的臉上讀懂了一個事實，他們非常不喜歡我推兒子上學，雖然在維吉尼亞推兒童車絕不是一件容易的事，走在沒有人行道的公路上，飛馳而來的汽車擦肩而過的時候，帶來的驚恐和懊惱實在是難以形容。

這種時候，我是多麼懷念曼哈頓街頭的熙熙攘攘。

一次談話中，校長先生建議我們走路上學，說這樣作有助於幼兒獨立。那時，還是深秋，走路上學，除了比較費時之外並無大礙。況且筆耕之餘有時間和兒子散步對我們母子都是一件好事。兒子有機會細細觀賞跑著的，停著的各種車輛，新添了無數有趣的話題，成了我們一天中最快樂的時間之一。

好景不長，入冬了。天氣太冷，不能再讓孩子每天在冷風裡步行一個鐘頭。於是老話重提，校長先生問我爲什麼不繼續走路上學，我告訴他天氣關係是主要的，而且這所學校裡只有我兒子一個孩子走路上學，我提出了一個疑問：

「坐汽車上學和坐兒童推車有何不同？」

他竟振振有詞：「坐汽車上學，孩子覺得他是大人，坐兒童推車他們覺得自己是 Baby！」

我有點生氣了，照他這麼說，在曼哈頓這樣的大都會裡生長的孩子們，坐兒童推車坐到三、四歲，他們的獨立性會差些，會晚熟？眞是怪事。

我還是笑著告訴他，兒童推車暖和得多，我兒子仍可以隨時要求停下來，仔細觀賞路邊的松鼠，或要求摘一朵蒲公英吹著玩。

校長先生聳聳肩膀表示不能苟同。

回家後，和先生研究學開車的事，他勸告我：「熬過冬天吧，要不，你剛開始駕車就得帶著兒子在又是冰又是雪的路上跑，那可不是玩的。」

我也慌了。開車，我並不怕，可是技術不熟練的時候就得帶著兒子涉險，我卻不情願。決心「熬過冬天」。

先生又向校長再次重申兒童推車的必要性和安全性。他跟我說：「我只是要他們不再麻煩你，冬天，無論怎樣送孩子上學都不容易。」我稍稍心安了一點。

「聖誕前後，學校有兩週假，一月底，我有兩週休假時間，我們全家出去旅行，盡量減少兒子上學機會。」先生又作了這些打算，盡量讓我寬心。

有什麼法子，也只好這樣了。

無數的困擾

在這三、四個月裡，我們發現了許多從未碰到過的問題。

入學不久，我們就發現孩子從來不使用學校的衛生間。按照蒙特梭瑞的理論，任何事都可以要求孩子自己動手作。孩子們上廁所，老師只把廁所門打開，遠遠看見他們就行了。天氣冷，孩子身上衣服多，不會自己脫和穿的，就根本不去。我也發現，廁所裡黑洞洞的，開了燈，看到的也是一個不清潔的場所。總之，兒子每天回家第一件事就是飛跑上樓，衝進他自己的洗澡間。

問他：「今天穿的褲子很容易解開，爲什麼還是不用學校衛生間呢？」

「門開著，我不喜歡。」

「你可以關門。」

「不可以，關了門，黑黑的，看不見。」他回答我。

向學校提出，他們兩手一攤，「孩子們應該習慣。」

天冷了，也有熬不住的時候，孩子尿褲了，招來了不知出自學生還是老師之口的責罵：「你是個壞孩子！」「你是個笨孩子！」——當然巴太太是從不承認自己說過這種話的。

很快，我們的兒子，一向待人客氣、有禮的兒子不再說「請」和「謝謝」。張口閉口「不許作這個！」「不許作那個！」「停止！」

一大堆否定句加上命令式。

我們不得不當著巴太太的面向校長先生要求：所有的老師一定要用禮貌的語式和孩子們說話。

我先生特別向他們指出：「你們的辦法是一個班二、三十個孩子只有一位老師，一位保育員。你們忙，可是忙並不是理由。你們必須用有禮的態度對待孩子。」

巴太太陰沉沉地說：「我們不忙，我們有四、五歲的孩子教二、三歲的孩子。」

我們告訴校長先生，對這種情況，我們很不滿意。他說，他會對老師作充分的監督，一切都會好起來。他建議我們參加「母親日」、「父親日」的活動。也就是晚上用一個鐘頭讓半數孩子回到學校，向家長展示他們在課室裡的活動。

我跟他說：「這是不眞實的。事實上，你們有兩倍的孩子。在平常，老師根本沒有機會注意到每個孩子。晚上這個鐘頭，你們給我們看的只是一種『秀』。孩子數量減少一半，課室寬敞舒適，老師和藹可親。可惜，平時並不是這樣。」

他只好作罷。

就這樣，用我兒子自己的話說，他每天去學校「工作」：自己玩拼板，自己搭積木，看書，用小刀削胡蘿蔔皮——這也是蒙特梭瑞的特色之一——從來沒畫過一張畫，或者這麼說吧，從來沒有摸過鉛筆。

早晨，他極慢地步入課室，巴太太只給他兩句話：「早安。去工作吧。」他就默默地向他自己的椅子走去，開始了這每天三個小時的「學校活動」。

亮起紅燈

元旦以後，又到了該上學的日子，萬般艱難地說了不知多少好話，孩子總算進了校門。

那天，地上有些積雪，又颳風，接孩子的時候，我在學校門口把他放進小車，蹲下來，替他換上雪靴。

巴太太從我們旁邊走過，一邊搓著手，一邊向門內走去，然後，只聽得砰的一聲，學校大門在我們面前關上了。孩子藍色的圓眼睛直瞪瞪地盯著門裡正晃動著的巴太太的臉。

我拿出小毯子對兒子說：「我給你蓋上小毯子，你的腿就不冷了，咱們回家吃中飯。」

「媽咪，我要和你走一走。」他說，小臉上沒有一絲笑容。

我把他抱出來，一手推車，一手握住他的小手，在雪地上走著。上了街，我彎下腰，雙手捧住他的小臉，問他：「坐車好嗎？」

他擡起頭，淚珠直迸，濺在我臉上，他伸開雙手緊緊摟住我，大聲說：「媽咪，我愛你！」

我把兒子摟在懷裡，不禁淚流滿面。

「兒子，媽咪對不起你，讓你受苦了。」

孩子終於放聲大哭了。

風捲起腳下的雪，拋灑在我們身上，我輕輕把兒子放進小車，心裡喊道：「孩子受委屈了！孩子已經受到傷害了，你這個作媽媽的，還在等什麼?!」

回到家，把兒子放在椅子上，給他端來熱騰騰的中飯，看他吃得香甜，我翻開黃頁電話簿，撥響了駕駛學校的電話。

「媽咪去學開車好嗎?」我問兒子。

「不要。我開你去超級市場。」兒子想了一想又說：「我也開你去文具店作拷貝。」又補充：「也開你去郵局。」

「媽咪學開車，送你去新學校。」我鄭重地告訴兒子。

「我可以走去。」兒子也鄭重地回答我。

望著窗外，風捲著雪漫天飛舞。我抱著兒子溫暖的小身體，對他也對自己說：「好兒子，爲了你，媽媽沒有辦不成的事！」

結　束

兩個星期之內，我考下了駕駛執照。

一月廿三日，我先生開始休假。我們送走了兒子，就奔向考場。十一點鐘，順利拿到了駕照。先生笑說：「恭喜，恭喜。我們去吃個中飯，小小慶祝一下吧？」

「不。」順利通過駕照，並沒給我帶來太多喜悅，我的心在別別地跳。

「我們去接兒子。」我說。

「還早呢。」先生回答。

我知道他在想什麼，這所學校規定家長不能在校門外泊車，而只能順著車道等在自家車中由老師把孩子送至車內。方便是一方面，另一方面是使家長進入校門的機會大大減少。通常他們說歡迎家長去看孩子，但又說要預約時間。而且孩子在校期間門窗緊閉，只一個通向教員休息室的門開著。至於巴太太，藉口孩子依戀母親，從不邀我進入她的課室。

「我們去看看。我放心不下。」

「也好。」我先生也感覺到了什麼。

十一點四十分，我把車停在學校的停車場上。學校靜悄悄的。我們走進去，巴太太課室的門緊關著。只有一個一尺見方的小窗戶可以看見室內的情形。地上坐了一圈孩子，巴太太坐在一張椅子上和他們說著什麼，兒子不在那裡！

那個課室還有另外一扇門，門上的玻璃漆成白色，只留中間一小塊，活像個窺視孔。我往裡一看，眼前直發黑。我看到了我兒子的一條褲腿和一隻腳，以及腳下的地面。

他坐在孩子們談虎色變的「Thinking Chair」上！尿濕了褲子，連地上都是水汪汪的！他在那裡坐了多久了?!

先生看我神色不對，馬上擠過來看，看清楚了。

他臉色鐵青地推開巴太太課室的門。兒子馬上奔向我們。

「我要和你談一談。」他對巴太太說，「你得向我們解釋清楚這是爲什麼。」

「我沒有時間。」她回答。

「下午。」我先生堅持。

「下午也沒有時間。」她說。

「明天。」我先生寸步不讓。

「好吧。」她終於點了頭。

我們帶孩子回家，把他洗乾淨，給他吃飽，慢慢問他事情的經過。

兒子告訴我們，他試著給巴太太講個故事。

「她不聽，我就作怪聲了。」兒子面有愧色。

兒子想以此來吸引這位冷若冰霜的女人的注意，結果遭到了懲罰。

第二天清早，我們全家三口到學校的時候還不到九點，巴蘇太太的課室裡只有三個孩子，她最後一次用「沒有時間」拒絕了談話。

我們走進了校長先生辦公室，給了他一紙通知，告訴校方，從今天起，我們的孩子在這個學校待最後的卅天。這是校方規定家長必須遵守的協定。事實上，我們再不會送孩子去這個學校，只是白白送上一個月學費而已。

校長先生什麼也沒問，只是說：「下午，我打電話給你們。」

中午，他的電話就來了：「按照你們的願望，你們的孩子不必再來上學了。我將盡快地退還你們二月份的學費。」

我們呆住了，原來校長先生早就知道兒子在學校不快樂，早就知道巴太太對孩子不公平！

但是，他爲什麼不說呢?!他爲什麼不去改變這種狀況呢？

他一直在等我們作出讓孩子離校的決定！而我們，卻不知多少次強迫自己去適應這個學校。

失而復得的快樂

按原定計畫，我們來到了蔚藍色的大西洋之濱，在美麗、寧靜的波多黎哥度假一週。回到維吉尼亞，先生上班去了，我就帶著兒子，走訪一間間新的學校。然後，再把兒子送到保母家，自己再一一去觀察，去比較，從老師們對別的孩子的態度很容易知道自己的孩子將來的處境。

經過半個月的仔細分析比較，我們選中了位於公園路上的「小世界」學齡前幼兒學校。該校按年齡分班，每班八個孩子爲限。三歲幼兒班的老師是一位阿富汗裔的美麗中年婦女瑪若瑞太太。

二月十四日情人節，是我兒子在「小世界」入學的第一天，那天風雨交加。我毫無懼色地駕車送兒子上學。當兒子恭恭敬敬地把一隻沾著水珠的玫瑰送給瑪若瑞太太的時候，她眼睛裡流露出滿腔愛意，她雙手抱住兒子時顯示的眞誠讓我放下了心。

兩週過去了，桌上攤滿了兒子從學校帶回來的大批「藝術品」。其中不少有關字母、數字的拼貼，兒子抽出最下面的一張，指點給我們：「這是一張畫。瑪若瑞太太說，畫一個你想畫的。我畫了……」三歲零四個月的小人兒會賣關子了。那是一張只有藍顏色的現代派作品，粗粗的線條很有情緒的樣子，看我們專注地欣賞這幅大作，兒子非常快樂，馬上揭開謎底：「這是大海！你看！大西洋的波浪多麼美麗！」小畫家臉上的快樂極富感染力。我們終於又看到了從兒子眉宇間溢出來的快樂和幸福。

兒子蹦跳著到隔壁去給對門的約翰和查理「打電話」了。

從敞開的門邊聽到他斷斷續續的聲音：「……你猜我們昨天作什麼？我們聽新的故事……喬治・華盛頓的故事。我們也畫了畫……新學校好，瑪若瑞太太好，她講最好聽的故事……」

「學校沒說我們兒子有什麼作得不好的地方嗎？」先生輕輕問我。

「瑪若瑞太太告訴我，我們兒子偶爾也會幫助她維持課室紀律，他會對鬧嚷嚷的孩子說：『你再大聲說話，巴太太就送你去坐牢，讓你坐在「Thinking Chair」不許動！』瑪若瑞太太說需要幾個月才會使孩子完全忘記那個可怖的印象。」

先生笑著拍拍我的手背：「這次，你夠堅強，夠果斷。」

「可是，我還是希望如果可能，我們應當更早結束那一切。」

隔壁聲音漸大，兒子有聲有色地向朋友描繪他的新生活。一切的煩惱、緊張、茫然好像已經過去很久了，我淚眼模糊地沉浸在兒子的喜樂裡，時時繃緊的心弦稍稍鬆弛下來，我在心裡悄悄說：「願噩夢早日過去，願我的兒子永遠喜樂、平安！」

——一九八九年六月十四至十六日刊於美國《世界日報》家園版——

與王子同班

剛剛帶兒子去學校報了個名，就在門口被一位來自葡萄牙的女士攔住了，她興奮不已地告訴我，我們是多麼「幸運」，我們的孩子將「與王子同班」。

「你的兒子尤其幸運，他不但與王子同班，而且同名！」她的話裡不但有讚嘆，有羨慕，簡直還有點恨不得也給自己的兒子改個名字才好的衝動。

這都是什麼呀？什麼時代了，還在那兒王子長、王子短的？擡頭看看曼哈頓的高樓大廈一如平日，並沒有什麼異樣。陰影中，那位喋喋不休的女人和走在曼哈頓街頭五顏六色的人們也沒有什麼不同。

實在耐不住，問了一聲，才知道這位王子是希臘王室最年輕的繼承人。就是他，將和我們的孩子同班。「他們將圍坐在一張圓桌旁邊吃點心！每當想到此情此景，我簡直興奮得不知如何是好！」那女人雙手捧胸，滿眼是淚。

我是個滿腦子平民意識的普通人，瞧著這一幕，實在引不起共鳴。遭到冷落，那女人悻悻離去。

希臘哪兒還有什麼王子？我想著。這個王室不是七十年代初就被逐了嗎？之後的希臘，足有十年，人權紀錄一團糟，到了八十年代中葉才有些好轉，可以算作一個比較民主的社會了。至於那王室，沒聽說有什麼作爲。而這位和我兒子同名，也叫 Andrew 的王子，肯定不足三歲。因爲這所附屬於聯合國的私立幼兒學校，採取嚴格的年齡分班制。我的兒子將滿兩周歲，他將進入二—三歲那個班。班上一共有八個孩子，有一位老師和一位輔導員。我生出了好奇心：不知校方和老師將怎樣對待這位王室成員？

答案很快揭曉。美國確是一個「以民爲主」的國家，而曼哈頓也確是一個各種意識兼容並蓄的大熔爐。對 PRINCE ANDREW 來說，他得到三種截然不同的稱謂。

他的保母、司機和保鏢，尊稱他 PRINCE。

來自葡萄牙、西班牙、義大利等南歐國家的一些父母，教導他們的孩子稱他 PRINCE ANDREW。

學校的老師和工作人員叫他 ANDREW. A，因爲他姓氏的第一個字母是A。老師說得明白，如果不是班上還有一個 ANDREW. B，連他那個A也可以省略不計了。更妙的是班上的那位輔導員，一位極具愛心的美國南方婦女，爲了方便，她乾脆叫兩個孩子「A」和「B」，簡短明白，人人了解。

每天，在「家長休息室」裡點頭打招呼的，極少是「父母」，多半是身著制服，白色小圓領漿得筆挺的保母，間或也遇著西裝領帶的司機先生。在校門口轉悠的保鏢們，三三兩兩的，也不罕見。所以，小王子的「隨員」們並不引人注目。此地畢竟是有錢人雲集的曼哈頓上東城。

但「王子」畢竟不是「庶民」，偶有衝突發生時，自然顯示出其不凡來。

這個學校有一些比較特別的規定。家長或監護人在幼兒上學時間必須留在學校，隨叫隨到，乃其一。如果幼兒採取攻擊行爲（打、推、拉均在此列）時，其監護人須將「犯罪分子」馬上帶走，而且停學三日，以示薄懲，乃其二。每當此類情事發生，大人們均覺顏面盡失，往往忙不迭地將孩子帶出，沒有一句怨言。

一日，「家長休息室」門大開，門口出現的是臉色蒼白，氣得發抖的老師，她手裡拎著的，正是那個未滿三周歲的王子。

「他不但攻擊同學，而且從背後偷襲。」老師板著臉，對小王子的保母說。「你馬上把他帶走。今天是星期三，下星期一以前，我不要看見他！」

語音沒落，坐在咖啡室喝咖啡的司機和保鏢（兩位英俊的黑人青年）已經快步奔了進來。

保母的氣壯了：「不錯，就算你說的都是事實。你要我帶王子回家，我怎麼向王妃交代?!」

身高不足五呎五吋的老師在兩堵牆一般立在她面前的兩位男士的逼視下毫不退縮，只是聲音由激昂而冷淡，簡直有些不屑了。

「他，不要說是王子，是國王也沒有用。打了人，必得回家思過。這是本校的規定。」

小王子和他的三個「隨從」在老師的一再堅持下，鎩羽而歸。

「他眞可怕，他從背後攻擊我的女兒。可憐的孩子，受驚了。」那日裔婦人輕撫著愛女的背，這樣對我說。小姐的父親，一位法國富商，挽住他的妻女，憤憤地從牙齒縫裡迸出一連串惡言惡語：「什麼王子！不知國土、家園在何方的王子！見他的鬼！」

我的腦子裡卻是一張雖然充滿稚氣，但滿是掩不住漠然的臉。手裡的書，一個字也看不下去，上面晃動著一雙大大的深色的眼睛，沒有驚懼，沒有愧悔，甚至沒有疑問，只有冷漠。

「您有沒有覺得，那個孩子沒有太多機會和別的孩子玩，不太懂得合作？」我試探著和老師討論這個問題。

「不錯。但是他被寵壞了。我有八個孩子，我必須保護其他七個不受他傷害。」老師很懇切地對我說。

老師也沒有錯。那麼，誰錯了？

多去春來，轉眼已是下半個學年，花兒開得正美的時節。

一天，我接到希臘王室祕書小姐的電話，請我兒子與小王子共進午餐。

「王妃聽說小王子的一位同班同學與小王子同名，一定要安排這個午餐。」祕書小姐在電話中說。

我不覺得這很合適，正在猶豫。那一頭傳來保母的聲音，「小王子沒有朋友，請你給他一個機會吧。」不知是不是電話線作怪，那個眼睛長在額頭上的保母，語調裡滿是懇求。

我心軟了，決定一試。

當天下午，門房鄭重遞給我兒子一張燙金請帖。「是專人送來的。」門房恭敬地加上一句。請帖上稱我兒子爲「尊貴的客人」。

中心公園西側，隔一條街，將一幢豪華公寓的六層與七層的一半全部買下來，打通，重新裝修，在厚重的木質大門上掛上了希臘王室的徽記，那就是他們在美國的棲身之所。

走進去，倒也寬敞、高雅、富麗堂皇。可坐廿多人的長餐桌上鋪了雪白的丹麥檯布。小王子坐在一端，我兒子坐在另一端，兩個孩子隔著巨型長桌手舞足蹈，開懷大笑。我坐在兒子身邊，那保母坐在遙遠的另一邊，說句話的可能也沒有。

進門的時候，祕書小姐已經告訴我，這裡有一位管家，三位廚娘，四位祕書，加上保母司機等等，共有十一位僕從，小主人只有一位。

「他的父母呢？」

「他們很忙，常常出門。現在，他們在瑞士。」

祕書小姐這樣說。

這會兒，小主人一邊把小牛肉丸子塡進嘴裡，一邊還忙著把盤子裡的豌豆一粒粒丟向桌子當中的一個大碗，命中率不高，他卻玩得高興，笑得格格地。

餐室門開了，管家手捧一具電話走進來。

「王妃的電話。」

那保母從椅子上跳起來，奔過去，雙手捧住那具無線電話，畢恭畢敬地向王妃報告小王子的起居飲食，一切一切。

小主人臉上童稚的歡笑凝住了，消失了。他停止咀嚼，臉上恢復了那曾讓我吃驚的冷漠。電話遞到他手上。廚娘、司機等人都湧到房門口，十來雙眼睛緊張兮兮地盯著他。

「……我很好……想念你……愛你……」沒有一分鐘吧，他把電話遞還給管家。大家又都鬆了一口氣。

「你吃完了嗎？」他問我兒子，「我們去玩一會兒好不好？」他徵求意見。

一下子，兩個孩子就跑不見了。桌子上孤零零地散落著碧綠的豌豆，桌子兩端，小山般立在那裡的是那兩條漿洗過的大餐巾。

「我們蓋樓，你蓋一座，我蓋一座。誰的高，誰贏。」小主人建議。

積木來自瑞典，整整齊齊四大箱。兩個孩子忙起來。

小主人的「樓」搭得很快，基礎卻單薄，是一座危樓。我兒子卻先「打」下寬寬的「地基」，一層層疊上去，很雄壯的樣子。

「我的高！」話未說完，小主人的危樓已經倒了下來。他臉白了，低下頭，對著我兒子搭的「大廈」直衝過去，轟的一聲，他倒在積木堆裡。

兒子對我說，「媽媽，我們回家吧。」

我向管家謝了他們「豐盛的午餐」，領著兒子朝外走。巨大的門廳一進又一進。兒子走在前面，忽然那小主人故技重施，不聲不響從一側門奔過來，從我兒子身後向他撲去。眼看要撞上了，我兒子卻正好轉過身來，那個小主人也一下子收住了步。兩個孩子在鋪著波斯地毯，散放著老舊家具的大廳裡站定了。你瞪著我，我瞪著你。

保母嚇得用手摀住嘴。

「我不想打架。」我兒子兩隻小手一拍，轉身又向外走了。小主人仍站在當地。

我們走進中心公園，小徑上，幾個孩子正玩得高興，我兒子跳下小車，馬上和他們玩在了一起。我心不定，回頭看看。

隔著街，巨大的玻璃窗前，一個小人兒，孤零零地站著。周圍空空洞洞的，只有那一張小小的臉。

時間一晃又是三年了。我有時候還會想到那個小小的身影。

一天，兒子在小桌上讀書，又是公主與王子的故事。我問他：「你還記得在曼哈頓，你的班上有一個小王子嗎?」

「噢，你是說 ANDREW. A 吧?他沒有朋友，好可憐!」兒子還嘆了一口氣。

——一九九一年七月廿七日刊於美國《世界日報》副刊——

雨中的歡笑

五月初的曼哈頓，整個兒地浸在了雨霧之中。從廿層樓的大窗口望出去，高樓大廈林立的上東城一片迷茫。雨珠落在窗上，匯成一條條小溪，細細的、靜靜地流淌，落在不知何處。

兩歲半的兒子站在窗臺上看雨，忽發奇想，擡頭向我要求道：「媽咪，我要看雨落在水裡。」

起初，我想是自己聽錯了。再問一遍，還是「要看雨落在水裡」。

可不是嗎？雨滴落在湖面上、河面上，或是海面上都是可以作詩、入畫的好景致。可在這曼哈頓上東城的高層公寓裡到哪兒去找那美景呢？

東河？站在高架橋上，遠觀河水並沒有什麼有趣。中心公園？那還可以考慮。在五號大道，七十二街入口處，有小徑通向中心公園北部。走不遠，有一個小湖。週末、假日，常有人在那裡開動機動船模型。孩子坐在兒童車裡看湖水還是滿好的。沒有大江、大河，小小人工湖也將就了。

主意打定，給兒子穿上雨衣，放進兒童車，再罩上一塊透明而且有通氣孔的雨罩。我自己也披掛起來，推著兒子上街了。

從位於第二、第三大道之間的公寓走到中心公園，並不遠，可是下雨的時候，就覺得不那麼近了。飛馳的計程車絕不會因爲路上的行人而稍稍放慢車速，它們飛奔著，濺起一簾瀑布灑在行人身上。兒子毫不在意，除了雨水之外，還有瀑布飛降，嘩啦啦一片聲響之後，總能聽到他快樂的尖叫聲。

得了，反正是濕，我也就不再顧及腳下，高高低低地邊走邊跑，心想，大概也只有我這麼一個傻呼呼的媽媽，會在大雨裡穿過五個街口，帶兒子去看什麼湖中雨景。

誰想到，跑到小湖邊，竟看到一柄巨大的遮陽傘，五顏六色之下是一個雙座嬰兒車。傘一晃動，露出一頭濕漉漉的黑髮和那一雙美麗的大眼睛。

「我還想只有我一個！你也來了！」那聲音快樂無比。

不是別人，正是那一向怨氣沖天的義大利少婦愛倫娜。

我住在卅街的時候，常常在三號大道口上一家小小的義大利咖啡館碰到她。她永遠和她雙胞胎女兒們在一起，在咖啡館一坐就是半天。雙座嬰兒車相當佔地方，好在是白天，客人不算多，咖啡館主人對這位同鄉滿體貼，隨她在角落裡呆坐。

我不是個很喜歡喝咖啡的人，但獨獨喜愛義大利式的 Cappocino，所以成了這個店的常客，來來去去看她一人枯坐，就把自己的兒童推車推過去，自自然然地坐在一起，聊了起來。

愛倫娜的丈夫是一家義大利公司駐紐約的代表，爲了業務關係，必須住在曼哈頓。一天，看她神情憂鬱，悶頭抽煙，我就請她去我的公寓坐坐。

「你住幾個臥室的公寓？」她輕聲問。

「兩個。」我回答，沒想到有什麼不妥。

她忽然提高了聲音：「我沒有臥室，沒有客廳，只有一個 Studio！」她叫起來，雙手按住胸口：「我是義大利人，你請了我，我一定要回請你，可是我讓你坐在哪兒?!」她眼睛紅了，手指顫抖著。

從此，我再不提請她的話。每次見面，兒子總是先向愛倫娜問好，然後小心地去碰碰兩個美麗女孩的小手。愛倫娜總是兩眼放光的看著孩子們，我們的話題也總是停留在孩子和天氣上。我無法安慰她，但最少可以不觸及什麼敏感的話題，我尊重這多禮的義大利少婦。

愛倫娜把臉上的雨水抹一抹：「住在廿八街，簡直是住在沙漠裡，下這麼大的雨，只有這裡才好看！」她神采煥發。

我有些慚愧了，從廿八街走到這裡有四、五十個街口，那是整整一小時的路程，看著她滴水的裙子，貼在額上的頭髮，不由得從心裡嘆服。

「又來了一個！」她指點著。

雨霧中，步履輕捷地走來一位端莊的婦人，兒童車上的孩子從雨帽下面露出一張圓圓的臉。

「嗨，凱蒂！」我忙著招手。

兒子已經在大叫：「湯瑪斯！湯瑪斯來了！」

湯瑪斯的母親和我一樣，陪著丈夫，帶著幼小的孩子，過著居無定所的日子。我不止一次在外交官的酒會上見到她。她和許多英國外交界的婦女一樣喜歡穿著典雅的長裙。她不美麗，但清秀，端正；站在文靜地微笑著的西歐婦女中間，並不出眾。

有一次，在閒談中，她竟極其坦率地告訴我，她個人對香港百姓感到非常歉疚。在一個正式的外交界酒會上，這樣驚人的眞誠是極其罕見的，於是我記住了她。

搬到七十二街，我們成了鄰居。她所居住的公寓離公園大道相當近，是英國政府購置多年的產業。然而，有一天，她和小湯瑪斯來我家喝下午茶的時候，她竟非常憤怒地告訴我，在曼哈頓，特別是在她所居住的公寓大樓裡，她感到屈辱，覺得喪失了英國人起碼的尊嚴。

我嚇了一跳，忙問究竟。

於是凱蒂告訴我，公寓大樓的看門人在她推著兒童車進門的時候，將幾塊木板從大廈門口直鋪到電梯門口。

「開始，我以爲他怕兒童車走在鬆軟的地毯上，我推起來太吃力。後來，我才知道，他是怕兒童車的車輪弄髒了地毯！」她憤怒地說著，淚花在眼睛裡轉。

「你每天走好幾趟，這個看門的不怕煩嗎？」

「不。他不厭其煩地幹這件事，而且特別是下雨、下雪的時候，他讓我在門外等！」

極端的羞辱使她哽咽地喘不過氣來。

我懂了。凱蒂的問題是所有的中產階級出身的人們「偶然」地生活在大富翁之間所感受到的尷尬事。這裡的看門人是爲那些花兩三百萬美金買下公寓，或每月付四、五千美金租下公寓的人們服務的。這些人絕不會推兒童車上街買菜。當他們走在大廈前廳的時候，他們不能容忍地毯上的任何汚點。看門人爲了他們當然不惜使「偶然」地住在這裡的凱蒂難堪。

不只是凱蒂，所有那些「暫時」地住在這些大厦中而必得自已操持家務的婦女們，無論她們來自世界哪個地方，毫無例外地都會碰到這樣那樣的無窮無盡的困擾。曼哈頓上東城以她獨有的冷漠凌遲著她眼裡的「窮人」。

我無話可說，只好換個話題。於是我們之間的談話圍繞著大大小小的博物館和各種形式的歌劇、音樂劇、戲劇，倒也沒有無話可談的時候。

凱蒂走到了我們面前。

「我跟湯瑪斯說，下這麼大雨，沒有人去湖邊。可是我錯了，你們都在這裡。」她笑著。

「愛倫娜走得最遠，幾十個街口呢。」我說。

「給孩子看一點美麗的景色，值得。」愛倫娜一臉眞摯的歡欣。

這時候，雨一陣緊一陣地下起來，愛倫娜高舉著她的大傘，三位母親站在下面。四個孩子坐在他們的小車裡，大笑著，歡叫著，對著雨水在湖面上盪起的一串串漣漪手舞足蹈。周圍，葱葱蘢蘢的樹木青翠異常，它們背後，高樓大厦都隱沒在雨霧之中，失去了平日的沉重，非常地柔和。

雨幕中，園中的姹紫嫣紅蒙上了一層夢幻般的色彩，前期印象派大師們帶給人們的那份溫馨和寧靜，極其自然地擁著這三個異鄉人。在這寧靜中，她們丟開了一切煩惱，無言地和她們的孩子一起享受這美好的片刻。

不知過了多久，我終於又回到了現實當中，伸手挽住了她們兩個：

「走吧！三號大道口上有一家不錯的咖啡店，我請你們喝Cappocino。」

「三輛兒童車，帶位的臉要拉這麼長！」愛倫娜兩手一比，一臉調皮。

「管他呢！」凱蒂忽然說了這麼一句「粗」話。

大家哈哈大笑。

三輛兒童車浩浩蕩蕩地向咖啡店出發。

「如果有人不高興，我就告訴他：世上有許多金錢買不到的美麗！」愛倫娜繼續揮灑義大利人的浪漫。

一連串的笑聲跌落在雨中，給沉悶的曼哈頓上東城帶來勃勃的生氣。

——一九八九年三月三日刊於美國《世界日報》副刊——

我愛靈兒

好幾次，讀畢秋生女士的文章，頗感沉重。滿心充溢著對靈兒的憐愛和對秋生女士的尊敬。事實上，秋生女士在中西文化的衝突中，正以她的生命和無限愛心護衞著她的兒子。我不能不對她產生由衷的敬意。

之後，又時有討論文章出現，其中某些看法，自覺很難接受。但我一直保持沉默，覺得自己知之甚少，總希望多了解一點秋生母子的近況，我熱烈期待著有關靈兒的好消息出現。

拜讀了去年十一月八日、九日刊於「家園」的東生女士的文章，內心很不平靜。萬籟俱寂的深夜，想到遠在西海岸的靈兒和他飽受折磨的媽媽，無法入睡，寫下自己的感受，也寫下一個母親的體驗，作爲對秋生女士的支持。

東生女士文中談到三歲的靈兒，固執、搗蛋、聰明、任性。我兒子三歲的時候，這些特質全都具備。現在，他五歲了，固執和任性在永不間斷的說理和溝通中，逐漸消失；好奇、好問、好動、聰明，卻一如既往。這有什麼不好？他活潑、健康、快樂、心地善良，求知慾極其旺盛。對於一個五歲的孩子還要求什麼？而靈兒只有四歲。

靈兒三姨舉一小事說明靈兒性格：他不拉開窗簾看碧潭風景，卻在窗簾上撕個洞，而且理直氣壯：「從洞看，好看哪！」

靈兒正像他的名字，是一個非常敏感，小小心靈已經相當豐富的孩子。他有他的美感，有他的從純潔的孩子的眼睛裡所領略到的美，就像我兒子兩歲時不能滿足從廿層樓上看雨景，而一定要跑出去看「雨落在水裡」是一樣的。

成人也追求美，但已經受到了許多制約，財力達不到的，「別人」不會認可的，社會與論會斥之爲異端的，無論自己內心裡多麼喜愛，仍然會放棄。孩子們還想不到那麼多，他們要的，就是那一個「好看」的東西。比如說，在窗簾上撕個洞而欣賞洞中的湖光山色；或者雨天媽媽也得推上小車，在水中高一腳低一腳地跋涉一番，我們無怨無悔。無非是維護孩子的那份純眞，給孩子一個追求美的機會。這是溺愛嗎？我以爲不是的。孩子們有追求眞、善、美的權利。而且，損失是什麼？扯壞一條窗簾或者濺了媽媽一身水而已。比之拒絕孩子的美好願望，令他們無端生出挫折感來，實在是算不了什麼了。

三姨在文章中沒說她對窗簾事件是怎樣善後的。想必是在靈兒盡興之後，才循循善誘地給他示範，如何可以不撕破窗簾又可以從「洞」中欣賞窗外美景的吧。可惜，在東生女士文章中，這樣詼諧有趣的段落並不多見。三姨一筆一劃寫出的是令人心驚的事實。尤其是談到靈兒三歲回臺時受到的不友善、拒絕與排斥，更令人心寒。要知道，這樣的態度加諸成人都是受不了的，何況是三歲的幼兒！幼兒以他們稚嫩的心，在極短的時間內就分辨得出親疏遠近，並且有來必有往。他覺出了冷漠，怎會熱心回報？至於他會把佛珠放在打了他的阿姨手中，會在床邊站上一夜等等，清楚表明的是他受了傷害。一個三、四歲的孩子作出這種舉動，他周遭的大人實有反省自己的必要，而不是一再地批評這個孩子。

靈兒在美國出生，長到三歲才第一次回臺。什麼「餓過、打過、關過」這一類懲戒辦法，都經受過了。在臺灣，可能是習以爲常。在美國，和任何一位兒童教育專家討論這個問題，都會被批評爲殘害兒童的身心健康。簡單一句話，他們會正告說：體罰不僅造成兒童心理障礙，而且違法！

秋生女士採取說理、溝通的方式教育靈兒，這正是今天有理性的美國父母們所採取的共同的方法。在廿世紀末的今天，在美國這樣一個社會裡，這種說理，努力溝通的方式得到多方面的認定，無疑是進步的，是健康的。

今年夏天，我先生的父母來此地小住三、兩天。頭一天下午，我兒子在樓下看電視看得正高興，祖父午睡起來，隨手就換了臺。他在自己家裡，午睡一醒就看體育節目，習慣成自然，忘了這裡還有一個小觀眾。兒子從來沒經受過這個，我們看電視，他決不來隨便換臺。在規定的「電視時間」裡，我們也從不打擾他看「芝蔴街」或可愛的卡通。所以，事情一發生，他馬上大哭，衝上樓來，告訴我們，「爺爺換了臺！」哭得幾乎喘不過氣。我先生對他父親的作法不以爲然。可是，老人年紀大了，怎麼辦呢？他一時找不到合理的解釋，僵在那裡。

我想了想，對兒子說：「爺爺上了年紀，爬不動樓梯，讓爺爺在樓下看，你上樓去看電視。好不好？」

兒子馬上止了哭，開始動腦筋：爺爺不是因爲輩份大就可以想作什麼就作什麼。爺爺只不過是上了年紀，爬樓梯不那麼方便罷了。他可以接受這個事實，於是一聲不響上樓去了。

其實，我心裡明白，這種商量對四歲半的孩子還講得過去。再大一點，肯定不買帳，要反問回來：「換臺可以，打個招呼嘛，是不是？」

我先生也有同感，他表示：「如果我們認可了一個自私的行爲，無論是什麼人作出的；我們怎麼要求兒子作一個不自私的人？」他也同意我解決此一危機的權宜之計，覺得沒有傷害祖孫的感情，小小風波也迅速地得以平息。

我們以爲事情已經完全過去了。哪知道，第二天，祖父午睡起來，還未走近電視機，兒子就對他說：「我上樓去看電視。爺爺，您在這裡看。」轉身上樓去了。他走後，三個大人坐在那裡，好久沒出聲。我在想，四歲半的小兒，有著怎樣的自尊、自愛之心！如果頭一天，因爲他的哭叫，我把他斥責一番，結果會怎樣？引起反彈是意料中事。更糟的是，他會想，誰大，誰就可以爲所欲爲。他長大一些以後，如何對待比他幼小的人，那也是可以預見的了。

所以，孩子在別人面前生出事故的時候，不能馬上斥責孩子，一定要分清是非。如果錯不在孩子，而去責怪他，他不但不會心服，而且會生出許多對人群，對父母的不信任來。如果眞是孩子有錯，也不要馬上在人前批評他。孩子的自尊心是極其可貴的。把孩子帶開，和他細細地談，孩子心服之後主動道歉是處理這類事件的最佳結果。

在外人面前斥罵、責打孩子，說重一點，是一種野蠻。在民主社會中，更加行不通。長遠一點看，孩子若是失了自尊自愛之心，後果不堪設想。

再回到靈兒的事，東生女士文中提及靈兒對海關檢查的反抗心理。爲什麼要有海關？成人都了解國際上的不安定因素，犯罪問題的頻頻發生。這一切使海關成爲必要。在一個四歲幼兒的眼中，世界卻不是充滿犯罪和暴力的。他當然不懂海關雖然檢查了他的東西，卻保衞了他的安全。他看到的只有一個事實：有人，他不認識的人，在動他的東西。他受不了，他要表示他的不滿甚至憤怒。他有什麼錯?!自衛是人與生俱來的權利。大人沒來得及與他溝通，發生了問題。不是靈兒的錯！如果他在完全不懂，什麼都不明白的情形下，只是唯唯諾諾地看大人的眼色行事。靈兒就不再是靈兒，他失去了他的靈性，他的純眞，他的可愛！

作爲成人，不能隨便去批評孩子的所謂「難管，難教，固執，不易改變」。更不要讓四歲的孩子去替成人著想。反過來說，這些二、三十歲，四、五十歲，六、七十歲的批評者們有沒有一顆赤子之心？有沒有設想過在靈兒這樣一個幼兒心中，世界是怎樣的？更進一步說，他們在批評一番，指責一番，鄙視一番的當兒，有沒有想過，在靈兒眼中，批評者們是怎樣的形象?!

世上沒有難管、難教的幼兒，只有不會管也不會教的成人。

說到「孩子要作他自己」，這是再好也沒有了！孩子變了別人的應聲蟲，還有何個性可言？毫無個性，毫無主見，跟在別人後邊亦步亦趨，還有什麼獨立人格可談。一旦長成，美國這樣一個講求個人風格的社會中又當如何立足?!

從秋生女士和東生女士的文章中，我清楚看到的是一個充滿生機，儘管受了許多創痛仍不肯屈服的小心靈。字裡行間處處顯露出一個在美國文化中必會從容成長的小生命對某些傳統觀念的反叛。他需要的是愛，是了解，更是一個比較單純的環境。

寫到這裡，我忍不住要提出疑問：爲什麼靈兒要在眾目睽睽下生活？爲什麼不給他一個和別的美國孩子一樣自由的天地？憑什麼他在四歲的小小年紀就被「定性」爲特殊的或「不可理喻」的孩子？憑什麼要拿他的一言一行來作爲討論的資料？再者，憑什麼秋生女士得聽取他人的意見來決定她如何教養自己的兒子?!

文如其人。拜讀秋生女士的文章，正如東生女士所說，秋生女士與世無爭，任勞任怨，受盡精神上的磨難，仍不退縮，她是一位勇敢的，堅韌的母親。

這確是秋生女士的品格，但我們有什麼權利要求靈兒也這樣作人?!他難道不應該比他母親生活得更幸福嗎?!

我深愛從未謀面的靈兒，更尊敬品格高尚、學養豐富的秋生女士。我相信，無需多方建言，這位堅強而充滿愛心的母親一定會向社會奉獻一個健康，快樂，積極向上的兒子。

我祝福她們母子幸福、安寧。

——一九九一年一月十日刊於美國《世界日報》家園版——

大限將至的時候

生命是有限的。一生中可做的事更加有限。這恐怕是不爭的事實。

十多年來，生活在自由的天地中，只要肯做，就有了做事的可能。於是，非常的「惜命」，恨不能生出三頭六臂，巴不得一天有四十八個鐘點。喜歡快節奏，高速度，高效率，好像不能如此就不夠盡興。

朋友說，實在受不了我這種「今日事，今日上午畢，方覺快樂」的急脾氣。

我跟他們說：你們從來沒有被動地浪費過生命。該唸書時則唸書，該做事時則做事。你們實在很難設想，被剝奪了一切主觀意識，在無休止的「鬥爭」和「改造」中曾被奪去大量時間的人們，一旦逃出牢籠，會成爲怎樣的拚命三郎。

但「生命的有限」並不因自由的獲得而有任何改變。

記得文船山驟然辭世的時候，朋友們驚呼：怎麼可能?!上週還和他一起打太極拳呢！怎麼，忽然間，累倒在辦公室裡？

我心裡很明白，文先生並不是「忽然間」倒下去的。過去的嚴重「透支」，無數的不勝負荷的體能和精神上的磨折造成了今天的結果。毫無疑問的，那也是一位拼命三郎。

朋友們也告訴我，陸鏗先生已不年輕了，還是忙得團團轉，人勸他放慢一點，他回說：「我沒有時間啦！」

我太能了解這句「沒有時間」下面的話。一句話，希望在有限的生命裡多做一點事。

臺北的老朋友曾囑我寫寫對人生的看法，我竟未能從命。當時想，像我這種「時不我予」的人生態度，自己活得非常充實，別人看我，可能覺得我太不善於享受人生，太沒有情趣了吧！

最近的一件小事卻使我重新想起這個題目，而且覺得寫出來，也可能有一點意義。

遠行在即，遵美國聯邦政府的法令，作例行的身體檢查。

本來沒有當一回事，很意外的，醫生約見，並且要求詳細複查。美國的辦法是，檢查中發現疑點，一定要向「患者」解釋清楚。

於是我們夫婦面對了一張張很大的——至少我感覺它們張張都是巨型的——X光片。片子上黑黑的一團張牙舞爪，非常獰惡，不知是何怪物。

醫生說出了一種致命癌症的名字。

我的第一個反應是：「我不可以得此絕症，我的兒子只有六歲！他需要我！」

我第二個反應是：「我還有多少時間？」

醫生說，尚未確定，不必考慮那麼多。如果確是此症的話，控制得好，可以有八年到十年，控制得不好，就很快。快到什麼程度，他沒有說。

取個平均數吧，如果確定，我可能還有五年。這五年，我可以做些什麼？

覺得心平氣和，甚至有感激之心。不是嗎？因天災人禍，每天驟死的人群可不是少數。他們根本無法計畫下一天，而我，起碼可以作些打算，不能說不幸了。

還來得及再寫一個長篇嗎？馬上否定了。場景剛剛拉開，人物尚未登場完畢，就得落幕了，實在是不負責任。

許許多多的人物，他們的生活在腦子裡翻騰著，鋪開紙，試著排排隊，把面目模糊的排在後面。紙上出現了長長的隊伍。心裡一鬆，五年的時間，還是很可以寫出一些故事的。

徘徊在書房裡，一排排的檔案夾上，那些親切的名字：多年來，一直非常愛護我的老編、文友，以及那些未及謀面，但寫來熱情的信的讀者朋友。我和他們之間的聯繫會因生命的中止而中斷嗎？

在這個中止來臨之前，我應該能夠再爲他們作些什麼。不僅計畫著，而且行動著。英文信封沒有問題，我先生會開。中文的，我應當一一先開好。朋友們所詢及的，我該一一作答。他們以後可能有用的，我該替他們想到。一一開列，又是一個長長的單子。一邊寫，朋友們的音容笑貌就在眼前，心中溢滿溫暖與情誼。

夜深人靜，兩人不約而同地，上樓去看兒子。小人兒睡得好甜，兩頰紅撲撲的，嘴角笑咪咪的。不知在作什麼好夢呢？

直到這個時候，輕輕爲孩子掖被角的手打抖了。

這樣一個美麗而柔弱的生命，我把他帶到這個世界上來，竟不能再爲他遮風擋雨了嗎？手心裡的這雙小腳，雖不再像嬰兒時期那麼柔嫩，小小的腳後跟兒還是粉紅色的，竟要獨自上路了嗎？

雖然，仍有父親在，但是，哪能像母親一樣呵護得如此細密?!

我只在心裡對兒子說，我絕不放棄，一定要爭取多陪你一段日子。

「你一直想去埃及和以色列，什麼時候，我們陪你去，好不好？」

身後，我先生輕輕說。

十年的共同生活，非常的默契。本來，我們都明白，孩子長大了，是要飛走的，長相守的，必是夫妻兩人。然而，現在，卻由不得我們了！

我打量著他：幾天來，他默默地記下我囑他辦的一件件「身後事」，他沒說過什麼。現在，他卻在提醒我，我自己還有未了的心願。

什麼事都不太難，唯獨他一向喜愛手織毛衣這一件事不大好辦。手邊還有幾磅的好毛線，該給他織出來，留著他慢慢穿。三十五吋長的手臂，合身的毛衣不大容易買呢。請別人織，現代社會，誰有這種耐性呢？

「看吧，有時間的話。我倒是想先把你的毛衣花樣設計出來，好好給你織上幾件呢！」我笑著，回答他。

一點沒覺得，一眨眼功夫，兩週過去了。不過是上午十一點鐘，我先生帶著一陣風，衝進家門：

「誤診！你什麼事也沒有！」他喜極而泣。

我瞥一眼懸在書桌上方的「五年計畫」表，心裡仍無波瀾。

大限遲早會來。盡心盡力把每一個腳步踏在實處，仍是我的生活態度。只不過，可能，我有了更多一點時間，可能多做一點事。

眞正讓我心動的，只是一點喜悅，也許，我可以多陪他們一段，我的先生和我們的兒子。

「現在，我們可以作計畫了，什麼時候去埃及和以色列？」

我們大笑。

——一九九二年四月廿四日刊於《中華日報》副刊——

逃家的日子

說到「逃家」，完全是鳳爪帶來的靈感。

我們全家三口搬到高雄不到半年，辦公室的趙先生和他太太就發現，我雖然在美國住了十多年，但仍然有個中國胃；我先生每到一地，也喜歡嚐嚐當地的特產小吃。趙先生介紹我們去吃燒酒鷄之類的本地菜，看反應不錯，也就信心大增。

一日，兩家人逛夜市逛得飢腸轆轆，左右張望，多是路邊攤。只有一家「來點魯味」，看起來窗明几淨，很可以坐下吃點什麼。

待走進這家店，我就曉得，事情已到了「極限」；我家兩個男人聞著店堂裡的「魯」菜香，臉色開始凝重起來，再一看我們拎來的鳳爪、豬耳朵之類，雖然禮貌地舉起了筷子，卻都只停在半空中。最後，父子倆還是出了店門，走進對面的「7－11」。

待兩人一人一隻「熱狗」返來，我正嚼鳳爪嚼得高興。小的沒什麼反應，老的則楞住了。

回家的路上，我先生沉吟半晌才說：「這十幾年也眞難爲妳了，盡跟我們吃些妳不愛吃的東西。」

其實我自己一直沒覺得，剛到美國時，忙得顧不上吃，吃飯只是爲了活命而已，談不到喜不喜歡。

婚後，當然是以另一半的飮食習慣爲主，若燒中國菜，多在揚州炒飯、咕咾肉、葱爆牛肉之類的家常菜裡打轉，涼拌乾絲即到了極限；魚是無頭無尾無皮無刺，鷄則是那平坦坦的胸肉。多年來，與排骨幾乎都絕了緣，更不用說鳳爪啦。

腦子裡正胡思亂想，先生又有好建議了：「等那天我有公務餐會，兒子又被請去參加生日派對，妳就千萬別放過機會，臺灣有的是妳愛吃的東西，趕快跑出去大嚼一頓。」

我卻在想，一個人吃，能有什麼趣味？邀上幾位投緣的朋友，一塊兒去吃點什麼，那才樂哩！想到此，腦中靈光一閃：除非逃家！

邊想邊笑，我這個賢妻良母，爲了一個中國胃，逃家？

先生在旁邊直問：想到什麼，這樣好笑？當時我沒答他。

忽然間，機會來了，臺北的蘇偉貞打電話來，正事說完，忽然問：「跟我們看海去，好不好？」

不僅看海，頭一天晚上且得住臺北。「因爲出海時間太早，從高雄趕過來，當天來回，無論如何來不及。」偉貞在另一端替我設想。

哈！這一下眞的可以逃家了！我樂得不得了，連連答應。

當然，先得把一大一小兩位男士的睡衣放在床頭，晚飯安排妥貼，餵魚餵鳥飼龜的食物也放在明顯位置，並加上說明……。

我先生大笑：「別忘了，我卅三歲才娶妳進門，家事早已樣樣會做……」

兒子則一邊把他們父子的照片放進我的手提包，一邊向我拍胸脯，說他會「保護」爸爸。

終於，在左擁右抱中，我逃家了。

雖然高雄飛臺北只有短短四十分鐘，這份難得的獨處時光，也是個蠻好的「補給站」。

一位坦誠的撰稿人，以赤忱寫下的字字句句，到了一位細心而敏銳的老編手裡，兩人之間建立起一種出乎尋常的徹底了解。而一書或多書在手，如若細心揣摩作者的意念，那份心得，也非得身臨其境才能知曉。

多年來，我是偉貞作品的忠實讀者，偉貞又是我的老編，有時寫給她：「送上小稿一件。」有時更笑談，「不知有沒有寄過爛稿給妳？」她卻不肯玩笑，總是就稿論稿，一如聯副、世副的其他老編。

我常心存疑慮，妳怎樣可以當編輯又作小說家？

何止這些，她也是妻子、母親、女兒、兒媳……，還是許多人的好朋友。擔負著多少責任啊，但她仍不斷寫作。一本又一本小說，有的且好厚好厚。

「早上起來，洗洗衣服，掃掃地，做完家事，寫半個多鐘頭，然後就去上班……。就這麼，寫完了《離開同方》。」她告訴我。

我是急性子，一天不寫兩個鐘頭好像日子沒法過。像偉貞這樣的寫法，是很需要一點耐力的。

一出機場，見偉貞已在長椅上等。人還是瘦瘦小小的，手裡報紙、文件袋卻是一大堆，不知她怎麼拎得動？

我們是「同一國」的，絕不會出門找不到鑰匙，開車不辨方向……，總之，趙淑俠所描寫「文學女人」作白日夢的情狀，我們都不具備。偉貞開車又穩又準，兩邊只要有半吋空隙，她就毫不猶豫滑過去，車子無聲無息，穩穩前行。我忍不住讚了一聲：「好！」她平平靜靜回答：「求生存嘛！」

她和我，都是腳踏實地在過活的人。安排旅店、找吃飯的地方，都在極短時間內按部就班解決。

「不要吃西餐了吧？」

「當然。」

「北方人，去『都一處』好吧？」

「當然好！」

瞧著桌上的醬肉燒餅、九轉肥腸，眼淚都快掉下來了。「快二百年沒吃這些好東西啦！」談天說地的當兒，沒忘了吃。談天說地當中，也沒忘了去國父紀念館看上一段「碾玉觀音」，也沒忘記去後臺看看愛戲的朋友。偉貞的先生張德模，也參加這齣戲的演出。

夜深人未靜，綠草如茵的國父紀念館庭園裡站著我倆，前言不搭後語，卻把心裡旮旮旮旮那些未寫出來的念頭聊了個夠。

好不容易等到演員、工作人員卸了妝、拆了臺，走了出來，大家又奔去吃麻辣火鍋。愛戲的朋友還興奮著呢，談笑間少不得豪情萬丈地談及話劇在此地日見成長的種種。張德模是熱血漢子，他的朋友也個個豪爽俠義。我坐在他們中間，直吃到涕淚橫流，終被理智的偉貞勸走。

這時，飯店裡幽靜的一隅，眞的只剩下我們倆。快凌晨一點了，我這才明白，我雖睡得少，卻是每天起碼有四小時睡得像石頭。偉貞卻是「不睡」的，她不是整夜輾轉反側，就是在作夢，而且是「人物、情節十分完整的夢」。原來整夜在打腹稿，難怪多產！

我看她已經很累了，就要她先睡，關了大燈，只留牆角那一點螢火。拿了一本劉再復的《漂流手記》，鑽進浴室，坐在馬桶蓋子上，看得入神。

要不是第二天計畫去看海，這一夜肯定是興奮得不肯睡。看看腕錶，實在不能不上床了。躡手躡腳回房一看，偉貞還在翻來翻去。劉再復的文章實在好，想和她聊聊，又強忍了回去。關掉小燈，爬上床，一摸到枕頭就人事不知了，一覺到天明。

第二天，心裡實在是百味雜陳。看海的活動，是聯副和海軍合辦的，好多好多文壇的健筆都參加了，這麼多老朋友、新朋友歡聚一堂，當然樂得不得了。但是看海，不能不想到臺海兩岸、國際國內，這一想，又憂心忡忡起來，詩情畫意頓時遠去。

回臺北的路上，一直忙來忙去的偉貞縮到客車尾部，躺在一堆報紙上，睡了十分鐘。看樣子，「化整爲零」是她補充體力的法子。

車子停穩，聯副的朋友向大家一一道別後，就都直奔辦公室，不知多少工作在等著他們。

偉貞站在窗前，「一大堆事，沒法子送妳了。」窗外有白帶子在飄著，抗議什麼。「爲了給員工子女蓋個托兒所而已。」偉貞輕描淡寫。那雙聰慧、明亮的眼睛，這會兒滿是疲倦。

走進松山機場，才明白自己已是「歸心似箭」；不知昨晚家中有沒有「天下大亂」？不知今早兒子的便當有沒有弄好？小魚有沒有餓昏？……

飛機昇空，下面是心愛的臺北，那麼多的好友住在那裡。現代人都忙，忙得飛來飛去，和好朋友在一起待上一天，談天說地，是多麼奢侈的事！

回到高雄，已是夜深人靜，家中兩位男士已經上床。家事、國事、天下事，事事擺平。攤開信紙，我寫信給偉貞：

「我好珍惜那『逃家』的日子，……當然，與九轉肥腸無關……」

——一九九三年七月刊於《婦友雜誌》——

雙手不拾閒兒

朋友來我家坐，常常在我的「畫廊」裡流連忘返。看畫的當兒，有人也會驚叫，「這是什麼？好像是手工作的嘛。」我不經意的回答：「是我作的。」

瞧大家一而再、再而三的表示驚異，我才覺出了似乎這裡頭有什麼不尋常。

「都什麼時代了？妳還有時間作這些？」朋友們大呼小叫。

我和我先生對望一眼，有點不明所以。什麼「時代」了？我先生身上還穿著我手織的毛衣，臥室床上鋪著我手作的百衲被，牆上掛著一幅幅裝了框的十字繡、毛線繡。

「你那兒來的時間？」朋友追問。

「除了閱讀、寫作之外，你那兒來的時間？」朋友不依不饒的繼續追問。

閱讀、寫作佔用的時間並不多啊，多半是先生、孩子不在家，或者是他們都睡了，我才會去作的啊。美國的工作時間是週一到週五，長長的週末，還有每天那長長的「課餘時間」。陪孩子看電視，看錄影帶，和先生一起看新聞，不都是時間嗎？眼睛在看，耳朵在聽，有時候也得開口討論一番。兩隻手也不閒著，一件件毛衣，一條條百衲被，就這麼作出來啦！

「你的一雙手沒有停的時候？」朋友狐疑的問。

「雙手不拾閒兒，日子過得多痛快！」北平話脫口而出，說得誠心誠意。

兩手不停，大概是一種習慣。由於這種習慣，看上去就比別人多作了許多事，其實只是對同一時間加以充分運用而已，並不值得驚訝啊。

住在紐約，常去大都會博物館看前期印象派的畫作，尤愛莫內。油畫不能天天去看，大本的畫册看著仍不過癮，於是選了莫內作品中一幅小小的「瓶花」，自己配色，作成了一幅毛線繡。

那三個月的時間眞是美好，一針針一線線繡出的是色彩的無窮變幻，工作完成，經過裱裝之後，那花團錦簇呈現的不正是生命的亮麗？更妙的是，手裡針線穿梭，腦海裡小說人物緊鑼密鼓的上演著人生的活劇。手上的色彩跳躍著，腹稿在心中逐漸成熟。夜深人靜之時，將心中所想傾到稿紙上，寫作的速度竟也就相當可觀了。

美國婦女深愛她們的傳統技藝 Quilting，中文可譯作「百衲被的製作」，今天在臺灣，也被稱作「拼布」。

我在第一次見到阿米什百衲被之後就心癢難熬，馬上動手，且一上手就作成了一條雙人床罩，上面「拼」的是心愛的鬱金香。後來，又迷上了斯堪的那維亞傳統的素白百衲被，線條全由白線納成，自有一份典雅的美。針線勾勒出夜鶯與玫瑰時，其心境的愉悅眞是筆墨難以形容，小說《濤聲》的情節架構，人物塑造就是在那穿針引線的當兒完成的。朋友笑說那篇小說是個異數，特別柔美。我想大概是夜鶯與玫瑰的功勞！

老話說，熟能生巧，眞是不假。兩條百衲被作下來，我開始自行設計了，作了一條「秋的揮灑」作爲壁飾，送給小姑的新居。由此更生發出信心與興趣，高高興興的加入美國百衲被愛好者俱樂部 American Quilter's Society，成了會員。

心有餘，力也足，到處留「情」也就勢在必然了。公婆家換壁紙，牆上飾物不再合用，我作一幅美麗十字繡以配合新得壁紙。引得公婆很爲有這樣具有中國人的巧手的媳婦自豪。我想，這份時間眞是花得值得：陪了先生、孩子，構思了新的小說，爲遠在萬里之外的公公婆婆盡了點孝心。這一舉三得的好事兒，何樂而不爲呢！

——一九九四年一月卅日刊於《中華日報》副刊——

第二輯

星條旗下

美國外交界點點滴滴

毫不起眼的大本營

從坐落在北維州的小城維也納出發，駕車經六十六號高速公路向東行駛，不到十英里車程，一過羅斯福橋，就進入首都華盛頓的地界。過了一個路口，憲法大道路北，在廿三街和C街的交口處，一座樸素無華的灰白色建築物，這就是美國外交官的大本營，美國國務院的所在地。

包括派駐一百四十多個國家、地區以及聯合國等等國際組織的外交人員在內，這個大本營共有兩萬多名工作人員，和美國聯邦政府的其他部門比較起來，並不算多。

一九七八年初，我頭一次踏進這個大門的時候，今天的駐北京大使，當年的中國科科長芮效儉先生笑問我：「你怎麼知道我們有個國務院？」當時，我以為他說笑話，世界上，誰不知道美國政府這個赫赫有名的機構呢？

在美國住久了才知道，芮大使不是說笑。

多數的美國老百姓最關心的是物價，是個人所得，是政府要大家付多少稅，因為這一切直接影響民生問題。至於外交事務，交給政府去管好了。他們才不要費心呢。而且，美國老百姓如果想出國旅行，拿著出生紙，到任何一家郵局就可以申請一本護照。按照旅行社的指點，花上一把銀子，就可以到國外的旅遊勝地玩個痛快，和在自家後園子沒有太大分別，國際關係、國際爭端以及相關的法律、規定諸如此類的麻煩事兒，還是讓別人去忙吧。

在這種心態中，美國國務院自然不會在普通人心裡佔太大份量。

記得有一次，在一個普通的社區聚會上，有人問一位外交官在何處得意？他回答：「Department of State」（國務院）問話的人竟再追問一句：「Which state?」（哪一州？）弄得這位外交官不知怎樣回答才不致傷了問話人的自尊心。有鑒於此，我們每次塡寫任何表格，總不忘寫上全稱 U. S. Department of State，希望審查表格的女士、先生們明白我們所服務的機構。

倒是外國人、外國機構以及新移民們對這座灰白色建築物有更多的瞭解。

無論怎樣，回華盛頓就是回家，「回家」第一件事就是直奔這座大本營，公務當然要緊，公務之餘，在國務院餐廳裡一定可以碰見久未謀面的老同事、老朋友，那也是外交官們在頻繁的調動之中在大本營可以享受到的一大樂事。

來自五湖四海

在外交學院教語言，須得從最基本的語音、語法、句型開始。所以，在師生相處的最初一兩個月裡，常有許多有趣的事情發生。一天，和學生們對話，無非是「你叫什麼名字？」「你的老家在哪裡？」之類的簡單句型。美國是個移民國家，人們說「老家」常常得說出一長串移民故事。特別是如果祖父母、外祖父母來自不同的大陸，或是父母來自不同的國度，那都有得講了。所以我先提醒大家，我無意找學生麻煩，在課室裡練習的只是語法和單詞而已，回答與事實無關也成。「那怕你說你的老家在月亮上都不要緊。」

學生都笑，也都挺滿意，課程就這麼進行下去了。忽然之間，好好的對話練習卡了殼，一位學生一直含笑不語。我想他大概是因爲家庭故事太長，不知從何說起了。就隨便提醒他：「隨便說好了，比方說：我的老家在義大利……」

我話還未說完，學生們哄堂大笑。他解釋說，他確實出生在義大利，童年在比利時度過，少年時期在法國就讀，念中學的時候才回到美國。原來，他出身於外交官家庭。他笑著對大家說：「老家在哪裡？我真是說不上來，臨時編又編不出。」他摸摸後腦勺，一臉無奈。

現在，我們家也有了同樣的情形：兒子在北京出生，在紐約學步，在維州上幼兒園和小學一年級，今年夏天我們將重返亞洲，將來，還不知再派到什麼地方去。將來，我們的兒子該是個什麼情形呢？他金髮碧眼，卻擁有一個烏克蘭姓，因爲他的曾祖父母在廿世紀從東歐移民新大陸。他將起碼懂得一種以上的外文，因爲他有一個用中文寫作的母親，而且他會在中文環境中生活若干年。當然，他確是美國人。這樣的例子在美國外交界子女中屢見不鮮。大家覺得他們將來自然而然地會吸收多元文化，對他們個人的成長，對社會多有助益。

在和外交官教學相長的日子裡，還有一個很有趣的發現。這些通過極爲嚴格的考試然後投身外交界的人們來自各行各業。當然，有些外交官在大學、研究院研讀的就是國際關係、國際政治、國際經貿等等專業。拿到學位以後直接考入國務院，這是少數。大多數外交官都曾學有專精，只是因爲對外交事業有興趣，於是通過考試，進入外交行列的。

記得當年，春天報稅的日子，班上一位學生忽然就成了大家極爲需要的人材。因爲他曾是一位資深會計師，同時，他也曾作過開業律師，對稅法有非常深入的瞭解。在無數次搬家中失落了票據的同學們，對稅法認識不清楚，甚至覺得報稅說明書簡直不是用英文寫就的同學們都跑來請教他。他很認眞、很詳細地回答每一個對他而言可能是非常幼稚的問題。大家帶著一團亂麻而來，三、五分鐘以後，帶著滿意的答案而去。

看他這麼能幹，我不禁納悶：無論作會計還是律師，他的生意都會好得不得了，可他竟愛上了外交事業。

他直笑：「當外交官，不但頻頻調換工作地點，而且上司和下屬也不停地變換，這可不是長年坐在一張板凳的會計師可以享受到的樂趣。」

他說的是實話，這也是爲什麼各行各業的專家們放棄了優厚的待遇而進入外交界的一個重要因素。

再有，就是學習的樂趣。變換工作崗位，派赴一個新的地方，語言、該國或該地區的政治、經濟、地理、人文、民俗都在學習與研究之列。學習本身就是一種挑戰。每日每時獲得新知，使個人的生命不斷充實，這也是外交這一行特別吸引人的另一個因素。

據說，進入外交界的考試，重點並不在於你已經知道了多少，而在於進取與吸收新知的能力以及與人合作的能力，畢竟外交工作需要的是一種團隊精神。

眾所周知，國務院有義務向總統和國會報告世界局勢，提出意見和建議。白宮與國會對外政策一旦達成決議之後，國務院就是一個堅定不移的執行機構。外交官們需運用其智慧、知識與勇氣，團結合作，共同達成任務。在這一方面，來自五湖四海和各行各業的人們所具有的各類專門知識也常常能發揮意想不到的效果。

在報章雜誌上，我們常常看到「令專家跌破眼鏡」的說法。其實，許多潛心研究國際事務的專家們，他們從事的是默默無聞的研究工作，他們從不危言聳聽，也沒有人給他們戴上各種「通」的桂冠，他們的研究結果，有的時候只能代表少數人的意見，但這絲毫不減其價值。

也有不少外交官，已經成爲著名的某方面問題的專門家，比方說，大家熟悉的一些中國通們。但和他們接觸中就發現，他們不但謙虛而且謹愼，今天的駐沙烏地阿拉伯大使傅立民先生，多年從事與中國有關的外交事務，中文修養極高，他就說過，「學而知不足，離『通』尚遠」的話。不僅極有見地而且深具代表性。

外交官的另一半

當人們一提到美國外交官的夫人們，首先想到的大概是她們在冠蓋雲集的鷄尾酒會上長裙曳地的綽約風姿，溫文爾雅的談吐，熟練運用數種語言的能力以及見多識廣、交遊廣闊的「外交」手腕，其實，這不過是表象而已。

實在的情形是，她們是先生們的左膀右臂。多半的日子，她們穿著牛仔褲，平底鞋，內外操勞，雙手擎起全部的後勤事務。她們是「醫生」、是護士、是司機兼採購員、廚師兼清潔工。甚至，她們也是資料員、是字典、是「百科全書」。她們更是絕對稱職的搬運工。當然，她們當中也有數量不少的世界各地藝術品的鑒賞者和收藏家。如果她們也有孩子，那麼，保母、家庭教師，甚至心理醫生的責任也都要一肩挑了。

往往，從國外回到華盛頓，先生們下了飛機就直奔工作崗位，所有的重新安家的事情就由另一半來操持了。大家在出國前，多半把自己的房子委託房地產經紀人租出去。回來了，如果運氣好，房客沒有把房子糟蹋得一團糟，稍事修理就可以住進去，那就該開香檳酒慶賀了。通常是人們得在旅館或公寓裡住上一陣子，把自己的房子作一番整修。最要命的是，碰上了糟糕的房客，自己的家已經變成了廢墟。先生們得上班，只能在晚上和週末參與復建工作。到了這種時候，外交官夫人們就成了全天候建築工人啦。這種經歷可不是局外人能想像的。

美國各種技術服務應有盡有，可是昂貴的人力使中產階級不可能處處依賴別人而養成了萬事動手作的傳統。外交官們多屬於這個階層。

再有，就是頻頻搬家給孩子們帶來的困擾。可不是每個孩子都喜歡搬家、旅行、換學校、學陌生的語言、交新朋友的。父母們，特別是母親們得把孩子訓練得和她們自己一樣能隨時適應新的環境。

如今，女權高張，新女性們不甘心屈屬於家庭，強調個人的事業與個人的社會地位。經濟的不景氣造成了家庭收入頓減，促使更多的中產階級婦女出外擔任全職或半職的工作。外交官的妻子們因爲生活的不安定，很少有長期擔任一項工作的可能。如何在不停的東奔西跑當中找到自己的位置，這也是美國外交官們的另一半須得面對的實際問題。

十年前，我和先生結婚的時候，就明白了這個困境，深知長期在一個學院任教已經不可能。有什麼事情是我可能作的，當然最好是不受年齡、地域與經驗的限制的。我選中了寫作這條路。我只需要紙和筆，當然也需要郵政局好把稿子寄到臺北。好在，十年來，我非常的幸運，臺北文壇的老師們、朋友們、出版家們非常的愛護我。記得在北京的日子，在外交公寓裡寫的小說，刊在《聯合報》上。看到稿子變成了鉛字，內心的喜悅多麼希望和朋友們分享。可是，讀者在臺灣、在海外。常常見面的北京作家竟不知我是他們的「同行」。那份兒孤寂眞是無法言語。在那種情形下，《聯合報》文學編輯的封封來信給我的支持與鼓勵實在是太珍貴了。

看看周圍，外交圈的女友們能作到家庭與事業兼顧的，爲數實在不是太多。最不忍提及的，是那些隨時可能發生的「意外」。世界不是和平樂園，一些國家和地區仍然充滿了恐怖與暴力。外交官們奔赴危險四伏的地區，或是在風平浪靜的地方遭了恐怖分子的毒手。他們的另一半不僅要面對傷痛，面對生死未卜的等待與煎熬，甚至面對死亡。

誤解與壓力

美國的老百姓常常很可愛也很天眞。他們覺得自己既然已經納了稅，政府，當然應當給他們提供最佳的服務與保護。

比方說，國務院常常希望美國人在海外旅行、工作的時候到美國駐該國的大使館、領事館或其他機構登記一下，萬一有事，可以及時取得聯絡。很多美國人根本不覺得有此必要。可是，忽然之間，這個地方發生了政變、內戰以及諸如此類的問題，撤僑就成了令人頭痛的事。一個說：「我還有事，明天才能走。」明天？外交官們怎麼能保證明天還有飛機，還有船，還有什麼交通工具可以把這些僑民、遊客送走?!

還有更糟糕的，國務院常常告訴大家，某些地方不適宜旅行。可是，有些人就是不聽，他們個人的興趣、研究、生意比什麼都要緊，他們去了。一旦遭遇危險，或是淪爲人質，外交官們又得捨生忘死去營救他們。這種惡夢曾經長達數年之久。在一個以人權爲立國精神的國度裡，還有什麼比人更可貴呢？一旦壞消息傳來，牽一髮而動全身，將在世界各地可能對此情況作出貢獻的人員調集起來，展開極爲複雜的營救行動。

在北京，一個朋友頭兩天還在一起喝茶、談天，任務來了，直飛貝魯特。他再也沒有回來，留下了妻子和一對兒女。走前，他從容而鎭定，他死後，他的妻子一聲不響負起撫養孩子的責任。他和她也都是納稅人！

美國的軍人們，有些非常著名的墓地，公眾知道應該到那裡去追念他們，知道該到那裡去獻上一把花。死在工作崗位上的外交官們沒有著名的阿靈頓軍人公墓、越戰陣亡將士紀念碑，更沒有馬尼拉的菲律賓保衛戰紀念墓地。他們爲了保衛人類尊嚴付出一切，但他們只活在檔案中，活在親人和圈中人的心裡。許多美國人完全不了解，外交官們常常是最無聲的人權戰士。

在外交界生活了幾年之後，每念及此，無法釋懷，終於寫下了小說《貝魯特之役》，一吐心中塊壘。

其實，眞正首當其衝的美國外交家卻是安之若素的。他們面對誤解與壓力仍是心平氣和，默默無言地做著他們份內的事。

一九八九年春，中國大陸風起雲湧，槍林彈雨中，外交官們盡全力瞭解局勢眞相。前不久，李潔明先生以平民身分輕描淡寫地在講話中談了幾句，話雖簡單，卻是眞實而有力地再現了外交官的工作情形。

一九七八年初，由於美國國務院和當年駐美聯處的外交官們的不懈努力，我順利地由中國大陸返回美國。其中，八個多月的外交斡旋足夠寫一本書。當我在華盛頓再見丁大衞、滕祖龍和萬樂山、譚愼格等多位外交官，向他們表示謝意的時候，他們都只是笑說：「謝什麼，我們做的只是份內的事而已。」

一句話輕輕帶過了無數的思考、研討、計畫與行動。

——一九九二年四月十一日刊於《中央日報》副刊——

春茶勝酒

一九八二年初，即將嫁作外交官婦，虛心向在美國外交界混跡多年的女友請教置裝祕訣。她告訴我：「最最要緊的是買幾雙非常舒服，在站立數小時之後，雙腳仍不疲不痛的好鞋。」以應付無數的招待會、雞尾酒會。

「顏色都無所謂，你一走進去，人山人海，連絲襪破了都沒人看得見。肩膀以上部位不出紕漏就是大成功。所以，舒服的鞋是絕對的必要，否則吃苦的是你自己。」她千叮嚀萬囑咐。

因爲有高人指點，所以婚後我一上場就沒有吃過虧。手端一隻高腳酒杯，內裝白水，站在那兒，笑語盈盈，四、五小時下來，仍然面不改色。我先生大爲讚嘆，「沒想到你初次上陣竟如老兵一般。」我笑答：「要謝腳上這雙貴得離譜的鞋。」

參加酒會是工作的一部分。人潮洶湧，你來我往之間，努力記住的，無非是幾個姓氏而已。更有無數面孔，一掠而過，下次見面幾乎毫無印象。正如文友劉安諾所說，與會人士中滿心無奈的大有人在。一份「言不及義」、「言不由衷」的無奈，一份不得不應酬的無奈。

我是滴酒不沾的。我先生婚前對杯中物尚有研究。婚後，我不喝，他自然喝得少了。去北京工作三年，餐桌上，主人大叫「乾杯」。我們先掛免戰牌，杯中盛滿清水、果汁嚴陣以待，是對付茅臺、西鳳輪番進攻的有效防衛武器。無論對手如何能征慣戰，均可立於不敗之地；待到曲終人散之時，仍能頭腦清楚地翩翩離去。

如此三年下來，我先生早已把以酒會友的一切法門拋到了九霄雲外。回到紐約，一腳踏進聯合國的大環境，心下不免有點著慌。

初抵國門之時，只須作「客」。辛苦是辛苦，日子還是好打發。兩個月下來，不再是客，輪到我們作東了。

我不怕下廚。在臺北期間又一絲不苟地比照傅培梅女士的菜譜很用功過一番。於是中國烹飪配上法式飯後甜點，極具號召力。美食當前，連日日過磅數次，細心算計卡路里攝取量的淑女也極爲踴躍，吃得笑逐顏開。

成功增加了自信，餐桌上的花樣也不斷翻新。正忙得高興，忽然發現，總有那麼一批人，午餐、晚餐時間都逮他不著，只有在鷄尾酒會上照過幾次面。他們只適合那些時間彈性極大的「流水」席。怎麼辦呢，開一次鷄尾酒會，將這些人「一網打盡」！

通常，在餐桌上，我自己是以水代酒。餐後甜點時間，人們啜飲飯後酒的當兒，我又是以咖啡代酒，或者以茶代酒。茶，能不能解決我們的難題呢？

和先生商量，他沉思良久。英國人有喝下午茶的習慣，但是那「太精緻」，「層次太高」，「所請人數極有限」，也就是說，事前的安排和事後的清理都甚費周章，麻煩多多。

「你不怕麻煩嗎？」他問我。

我多麼思念臺北的茶藝館，遠離市聲，一條石鋪的小徑走進去，樹影扶疏之中，小小巧巧的院落。清涼的店堂裡只有幾張字畫，增添一點雅趣。一張張木質八仙桌擦洗得露出木紋。桌上陶製茶具古意盎然。服務的小姐端莊清麗，沸水澆壺之後，瀰漫在空中的，只有那幽幽的茶香。

那些茶藝館，不同於我熟悉的北方茶館，沒有吆五喝六，沒有大聲喧嘩的熱鬧。清靜、古樸之中自有一番情趣在。也許，中國的茶藝可能使我們擺脫辦酒會的困擾。

紐約沒有茶苑，中國城卻有著名的天仁茗茶。向經理先生和售貨小姐說明來意，他們熱情地招待了我。小姐不但當場表演泡茶和篩茶的技藝，而且請我試喝幾種春茶。

不僅買了茶具、茶葉，而且帶回了一本中英文對照的有關茶藝的小型介紹。馬上在家裡演練起來。

一試即成。先生晚飯後喝了我第一次沖泡的「功夫茶」，讚不絕口。說是「簡直得作了皇上」，和那多種滋味惹得心頭火起的鷄尾酒相比實有天壤之別。

茶具中，茶杯只得六個。也就是說，如果我自己作東，請女士們赴茶會，只可請五位。如果我們夫婦作東呢，則只能請另外兩對夫婦，規模實在小。量少而質優。我們期待中國茶能創造奇蹟，在這個人人疲於奔命的曼哈頓，開出一片清幽的天地。

茶會選定英國人喝下午茶的時間。請帖上又明明寫著「中國茶」。足跡到過五大洲的客人們無不懷著好奇心準時赴會。

楠木圓桌上不鋪檯布，每人面前有一隻一吋見方的小茶盤，上置一小茶杯，其小巧令客人瞠目。客廳內另置一桌，鮮花、銀器俱全，盛放幾樣精緻點心由客人自取。

熱水器放在手邊，沸水燙過泡茶壺、篩茶壺以後，倒進茶池，茶池裡的熱水又自然地起了保溫的作用。泡好的茶倒進篩茶壺，又一一篩進各人面前的小茶杯裡。

「今年的春茶，試試看。」我對客人說。

那一盅溫熱的金黃色液體，清香馥郁。滿心浮躁的紐約客、焦灼不堪的紐約過客鬆弛下來，茶盅捧在手心裡，人人臉上浮出的寧靜、舒暢與滿意，使我們夫婦非常欣慰。一杯茶下肚，客人們自然而然地由春茶產地談到臺灣的美麗，更由現代陶製茶具的精美談到臺灣尋常百姓生活的品質。話匣子打開來，言談話語之間，我們欣喜地發現，客人們多年來嘗試過的各種奇妙飲料都被手中的「杯中物」比了下去。

春茶勝酒成了不爭的事實。

更加令人驚喜的是，客人們本來只是點頭之交，有的連面都未曾見過，坐在我們的茶桌旁邊，竟一下子成了朋友了。聯合國的大小會議、議案，紐約生活的令人緊張，此類酒會中的普通題目，他們連想都不願意想。人人那樣急切地抓住眼下片刻的寧靜，談一點他們嚮往過的，抑或神往過的美好事物。

我總是在家裡隨心所欲置放心愛的藝術品。千年歷史朝夕浸淫過的古老文明，來自東西方的神祕與今日多元文化激盪中產生的現代藝術相安無事。客人們目力所及，必能找到許多曾和他們的生活軌跡重合的點，由此出發，談出人生的歷練、追求或者曾令他們心動的一情一景。

茶色漸漸淡了，窗外已是華燈初上，客人們才依依告別而去。

不消數月，我們的茶會就很有名了。

一日，在一個足有數百人參加的盛大酒會上。作主人的聯邦德國駐聯合國代表的夫人，用戴著白手套的手親切地挽住我：「親愛的，我多麼想念你的茶會。太美了。尤其是那次，你把喝剩的茶葉從茶荷裡取出時，我眞的吃驚了。」她微笑著：「那樣乾乾的一小粒茶沖泡之後舒展成那樣一片完整的、碧綠的、美輪美奐的葉子。」周圍人們圍上來，向她致意，但她仍不肯罷休，一定要把話說完：「我不明白原本可以這樣美妙的茶葉，爲什麼英國人把它們切得稀碎呢？」她滿臉困惑。

「那麼，您找到答案沒有？」我笑問。

「我想，可能是中國人更珍惜自然，更注重完美的緣故吧？」

我們都笑。我當然不要對焙製茶葉的技藝評定高下。喝茶的人一旦品到好茶心中自會有數。

更有一天，在華盛頓的一個聚會中。我們正晃著高腳杯，和周圍人點頭微笑，重複那「你好，我好」的社交活動。一位高個子的熟面孔拚命從人縫裡擠了過來。

「你們還記得我嗎？我曾有幸在紐約出席過府上的茶會。那一天，我們喝的是『茶王』。噢！那一個美好的下午，我永遠不會忘記……」

他一開口，就滔滔不絕。我們當然記得，他是挪威人，夫婦倆都對中國古代藝術極爲推崇。

「您夫人呢？她在哪兒？」我關心地問。

這位先生遙指人海的另一端，目力無法達到的所在。「遠在那一頭呢。」他嘆息著：「她實在擠不動，要我代她謝謝你。」

「謝我，爲什麼？」

「她有生以來唯一的一次見到一塊完整的漢瓦當，就是在妳的茶會上。你知道，大都會博物館有五塊，可惜都斷裂過……」

我先生也被他感動得直點頭：「是啊，中國的古文明實在令人嘆爲觀止……」

「不止是古文明，」這位朋友繼續發揮，「你們的茶會更讓我欣賞現代中國人在繁忙的日常生活中注入恬淡寧靜和優雅的藝術。」

我們開懷大笑。

——一九九一年十一月十二日刊於美國《世界日報》副刊——

多禮的青年

我的左右鄰居多是瀟灑的雅皮士。他們受過良好的教育，有一份收入很不壞的工作。他們租住環境優雅的花園洋房，開著嶄新的名貴跑車，衣著光鮮，舉止文雅。一句話，他們不思婚嫁，更不要孩子，從從容容地享受著高品味的單身貴族生活。

週一到週五，每天清早八點四十分，我陪兒子走出家門，散步到百米之外的巷口。校車在這裡接送十幾個居住同一社區的孩子們。

無論陰晴、雨雪；一輛輛保養良好的漂亮車子魚貫駛過我和孩子們身旁，猛然加速，風馳電掣般地向大路上射去。引得十來歲的大孩子們一邊哇哇大叫，一邊向車隊揮著手，又蹦又跳。

只有一個例外。

每天，當那輛紅色小車馳近巷口時，停車，車窗搖下，一張年輕人笑得開朗的臉轉向我們，露出編貝般雪白的牙齒，不僅揮手致意，而且送上一聲：「早安！」緩緩搖上車窗，徐徐離去。

好一位多禮的年輕人！我感嘆著。

元旦後的一個下午，下起了大雨，我穿上套鞋，拿了一把大號雨傘，腋下夾著兒子的雨衣，走到巷口，等著校車送回兒子。

等待中，那輛十分眼熟的小紅車在路對面輕輕停住，車中人搖下車窗，大聲問我：「請問，您要不要坐在車裡等？」

我看看腕錶，校車馬上就要到了。我向他揮手，「謝謝！校車快來了，您快把車窗搖起來。」

他笑笑，搖起車窗，並沒有離開的意思。

校車來了，門一開，我的兒子像隻小鳥一樣，張開雙臂，一直撲進我懷裡。小嘴忙著向我報告今日學校見聞，嘰嘰喳喳，說個不停。

我一隻手撐傘，另一隻手幫兒子穿上雨衣。

不知什麼時候開始，那小紅車中的年輕人已經站在我們身邊，站在雨地裡。

我趕快把雨傘舉高，向他移過去。

雨水順著他修剪得體的髮梢上滴下來，剪裁合體的西裝上衣肩頭已出現了水漬。他微笑著，臉上有點靦覥。

「我只是想謝謝您。因爲，您每天告訴我，世界上仍有母愛，世界上仍有美麗的童年。」

他的話，一個字一個字，清清楚楚地，像重錘砸在我心上。

我自己沒有童年，全心全意地希望兒子的童年完美無缺憾。不用問就知道，眼前的年輕人，快樂而優雅的外表之下，有著一顆傷痕累累的心。

他蹲下身，兩手扶住兒子的肩膀，一雙眼睛直視著兒子，輕輕對他說：「好孩子，珍惜每一個媽媽陪你等校車的日子。要知道，我從來沒有任何人陪我等過校車呢！從來沒有……」

他站起身來，輕輕拍拍兒子的肩，向我們道了「再見」，轉身，邁開大步，向他的車子走去。

我和兒子站在當地，我一手撐傘，一手摟住兒子。

兒子舉起小手，揮動著，稚嫩的童音叫著「再見」。

年輕人搖下車窗，伸出手，揮動著，給我們一個明朗的微笑。

車子在雨中緩緩起步，不疾不徐地向大路上駛去。

望著那輛漸行漸遠的紅色 JAGUAR，我想，大年夜，何不請那年輕人跟我們一塊兒吃頓年夜飯呢？只不過多添一副刀叉而已，又不費什麼事。我盤算著。

——一九九二年二月廿三日刊於《中華日報》副刊
同年三月一日《中央日報》國際版轉載——

黃絲帶

去年的母親節，遠行在即，我來到春泉街，向老友話別。她門前松樹上飄拂著的黃絲帶，在一片姹紫嫣紅的維也納小鎮上（Vienna VA）格外驚心。

我是在保齡球場上認識她的。她屬於另外一個球隊，裡面集中了北維州幾乎所有的女保齡球高手。她很瘦，滿頭白髮，常常沉靜地坐在桌邊喝黑咖啡。她走上球道的時候，通常都毫無聲響的，猛地，急速邁步，手中的球穩穩地滑出去，準確地奔向目標。看她打球是享受。

朋友們悄悄告訴我，她的丈夫是空軍，在韓國戰場上被炸成碎片。如今長眠在一塊鐫刻著十多位空中健兒名字的墓碑下。她的大兒子消失在越南的叢林中，多少年來，不知生死。屬於那許多「失踪」人員中的一位。朋友們都愛她，「Missing」這樣的字眼是從不在保齡球場出現的。

一個春日，我獨自一人走在阿靈頓公墓的小路上。看到白髮皤皤的她正在修剪一棵美麗的小楓樹。

楓樹不大，只高過旁邊的墓碑一點點。她工作得非常專注，園藝剪準確地落下去，楓更加美麗。

她轉身的時候，看到了我，隨口問：「你來看誰？」

「我父親。」我回答她，順便把她剪下的枝葉裝進草地上的塑膠袋。

「你知道嗎？你會成為一個優秀的保齡球選手的。」她瞇起眼睛，在陽光下微笑。

我們一起離開的時候，我在那塊石碑上看到了她丈夫的姓名。

一九九一年，永無寧日的中東又燃戰火，美國的母親們再一次吻別自己的兒女，支持他們為保衛別人的家園而戰。

我居住的維吉尼亞州成了黃絲帶的海洋。黃絲帶牽著母親的心，母親的囑託與掛念，母親的盼望——兒女將毫髮無傷地回到自己的身邊。

懷裡緊抱著五歲的小兒子，我連想都不敢想，有朝一日，這個美麗的小生命，也將穿上迷彩服，奔向一個我從來沒有見過的地方，在那裡流血流汗，甚至獻出生命，為了素不相識的人們。我瘋了一般地奔到鄰近的街上，加入了婦女們的行列，街邊樹上，掛著我們親手紮製的黃色蝴蝶結。我在心裡默禱：任何苦難，我都可以承受，只要孩子們平安返家！

那一串驚心動魄的日子裡，在很多的集會中，我都見到她，瘦瘦的，沉靜的，白髮皤皤的身影。

朋友告訴我，她的二兒子也到中東去了，他是一位指揮官。她在春泉街的家和鄰居們一樣，飄著黃絲帶。

畢竟是現代化的電子戰爭，速戰速決。我們在戰爭中損失的人員極少，但那怕只損失一人，此一損失對一個家庭，對一位母親來講，仍是天大的損失。

當她丈夫的老同事，戎裝筆挺，面色凝重地出現在大門口的時候，她默默轉身，步上球道。球場上所有的人肅立著，靜靜地看她。瘦瘦的肩膀抽動著。她站著不動。朋友們淚流滿面。我強咬住下唇不讓自己哭出聲來。

球像出膛的炮彈，狠狠地撲向目標，帶著母親的憤怒，撲向嗜血的世上所有母親的敵人，發出砰然巨響。

自那以後，春泉街上，只有一幢房子，門前仍飄著嬌豔的黃絲帶。那是她的房子。

東歐風雲激盪，蘇聯解體。頻頻傳來內戰、飢餓、種族滅絕的瘋狂消息。在一個集會上，一向沉靜的她開口了：呼籲政府和人民伸出援手，使世界各地的不安定因素減少、消失。

「……我的門前飄著黃絲帶直到全世界的母親們再不必將兒女送上戰場……」

去年的母親節，我們在飄拂的黃絲帶前話別。那時候，尋找越戰失踪美軍的前景一片灰黯。

不久以前，俄國有消息出現，仍有不少「失踪」人員被越南拘押，雖然越南方面矢口否認，但我清楚地知道，只要有百萬分之一的可能性，我們的母親們就會毫不退讓地追查下去。

我盼著老友的兒子仍在人間，仍有希望重見母親。

今年的母親節快到了，我去選了一張美麗的卡片，一隻小小的花籃，籃中鮮花盛開，花籃把手上紮著一條細細的黃絲帶。

我細心地把絲帶撫平，裝進信封，同時裝進去的，是一位母親對另一位母親的尊敬。沒有寫出來的，是衷心的企盼，盼望著世上的母子都得團圓。

——一九九三年五月九日刊於《中華日報》副刊——

美國詩人與中國情懷

一個多美的早晨，天色藍得透亮，被連著下了兩天的雨洗得清清爽爽。已經九點鐘了，月亮還不肯回家，淡淡的銀色圓盤，靜靜地懸在空中。

每年入冬前，我都會請清潔和修理壁爐的安施公司派人來作一番檢查、清掃的工作。專找這個公司有一個小小的原因，他們的技術員鮑瑞先生是一位熱情的詩人，參與安施公司的工作，無非是經濟原因而已。每次安施派人來，我都很矛盾，希望見到老朋友，又希望他已經不必再作這份工作，能多留些時間和精力寫他美麗而典雅的詩篇。

門鈴輕響，我迎了出去，來的正是鮑瑞先生，一年未見，他依然紅光滿面，只是頭髮全白了。

「怎麼樣，近來還好吧？」我把他帶來的兩位青年工人讓進來，這才找到機會跟他寒喧。

「還好。你知道的，我努力向『New Yorker』投稿，已經有好幾年的歷史。最近才露出一線曙光。」

鮑瑞先生一邊說，一邊往樓下走。他畢竟是安施公司的技術員。不能把工作放在一邊，盡說些個「題外的話」。

「我的手電筒不太靈光，借用一下你的。好不好？」他不太靈活地把頭探進壁爐，看了一下，又鑽出來問我。

每年他都有同樣的問題，我早就拿著手電筒站在那兒等著了，他一問，我馬上遞給他。

他指揮著工人們忙起來，我也轉身上樓去，煮上一壺咖啡，等他們忙完了，一起喝。

咖啡壺還在嗚嗚地叫著，鮑瑞先生就氣急敗壞地衝了上來，神情緊張地告訴我一個不幸的消息：他的工人在把清潔器搬進來的時候，不小心，弄髒了壁爐附近的地毯。

「眞是對不起，會出這樣的事。」鮑瑞先生一路叨念著。

走下去一看，銀灰色的地毯上斑斑點點，又黑又亮。

鮑瑞先生痛苦地蹲在地上：「生活眞不是詩，千眞萬確。你看，這麼多汚痕，怎麼辦呢？」

那兩位工人比他還緊張，大氣不敢出地盯著我。

我笑著問他們：「黑黑的，是什麼呢？別人烟囪裡清出來的烟油子？」

他們默默地點著頭。

「沒關係，別讓這點烟油子把這一天都毀掉了。你叫他們去清潔壁爐。等一會兒，這些汚痕稍稍乾一點，我再來清除。」我對鮑瑞先生說，心平氣和。

他瞪大了眼睛：「你說的可是眞的？」

兩位靑年人更是喜形於色。

「當然是眞的。對於一位詩人來說，保持心情舒暢不是很要緊嗎？」我樂哈哈的。

「何止心情舒暢。你的寬宏大量使他們兩個不至於今天就丟了飯碗。我年底的升級也不至於泡了湯。眞是不可思議，換了別人，早就暴跳如雷，一個電話打到公司去要求賠償了。你知道的，消費者的權益是多麼的重要。」他兩手一攤，說得上氣不接下氣。

「你知道嗎？鮑瑞先生，從八月廿二號到現在，很少有什麼事會破壞我的好心緒。這點煙油子，實在算不了什麼。」

聽到這裡，那兩位工人才放心大膽地去忙他們的事，丟下鮑瑞先生和我在走道裡閒聊。

鮑瑞先生雖然已經看上去老了許多，臉色依然紅潤得像個孩子，他搓著兩手，踱來踱去迫切地尋找著適當的開場白。

「這麼說吧，這一個多月，我自己在感情的波濤裡沉浮而急於要找人傾訴。」

我吃一驚，心想一年不見的這位友人比以前更加坦率了。我的驚異，他馬上就明白了，於是大步跨進客廳，站在那兒，比著手勢，清楚明白地講起他最近的感受。

「從八月十九號那個晚上開始，忽然的，我真正感覺到貧困、飢餓、戰爭、恐懼與高壓並不遙遠，不是報上的字眼，不是電視上的評論，而是和我一樣，活生生的人每天生活其中的一種非常具體的存在。而我們早就有了的，在美國幾乎成了陳腔濫調的民主和自由卻是要從坦克和軍隊的威懾下去奪取……

「過了兩天提心吊膽，喪魂失魄的日子以後，我高興得發了狂，一心只想喝一杯一輩子沒碰過的伏特加，作一回因快樂而醉倒街頭的流浪漢……

「噢，你不明白，我的狂喜到了怎樣的程度。」

他瞧著我，不好意思的笑了。

「當然，你明白，你太明白了。兩年前，你還在寫你的書。我問過你，你在寫什麼？你還記得你的回答嗎？」

「記得。」

「你說，你寫中國大陸，另一個古拉格。當時，只覺得震驚，印象深刻，沒想到生活在恬靜的北維州的人群裡，有一個人知道這樣的、不可思議的、難以想像的生活。

「只有兩年啊，你的書早已出版，而今天，中國大陸成了最後的古拉格……

「……這麼多年，努力的寫啊，盼望著讀者的回應啊，巴望著著名文學編輯、文學評論家的重視啊，我忙了好半天，在我的詩裡，不知多少次謳歌人性的光輝啊，人道主義啊，空洞而乏味……好像在這短短一個多月裡，我才對人道主義有了一點感覺……」

聽得有了興味，給鮑瑞先生端上一杯咖啡。

「這些天，中國大陸露出了她的眞面目。本來，大家只是耽心，憂慮那個龐然大物的北極熊。可是，忽然之間，蘇聯整個傾頹了，最後的一張多米諾骨牌露了出來，長城的壯麗和西子湖的幽雅都掩不住這塊土地上發生的罪惡。」

他伸出雙手：

「你知道，我拿著兒子手裡的彩色塑膠玩具，瞪著那個 Made in China 的字樣，想著這可能是受盡苦難的大陸政治犯無償苦工的產品，我的胃就翻騰，眞的要吐起來。

「對不起，我失態得這麼厲害。」

鮑瑞先生喝了一大口咖啡，端著杯子又在客廳裡踱起步來：

「最後的古拉格，最後的古拉格……我覺得有了一點參與感，有了一種要作點實事的衝動，要快一點把那個地獄掀翻。每次，我想到這個龐大的數字，十一億，想到十一億李白們、王維們、李清照們的後人在過這樣不能忍受的生活，我就按捺不住，我和所有普通又普通的美國人都該作點什麼，一定可以的……」

「您寫了新詩？」

「我寫了。」他笑，「八月底，我寫了些興高采烈的詩。最近幾天，我寫了些更有份量的、更成熟、也更深沉……」

我從心裡高興。

「你沮喪過嗎？」他忽然問，完全換了角度。

「沒有。」

「寫的不順利的時候呢？」他又問

「也沒有。我沒有時間沮喪，不順利，就再來，我不會放棄。鮑瑞先生。」我想了想，這麼回答他。

「那麼，我有什麼理由沮喪？」他也笑。

「我不會寫詩，也從未嘗試過，但是，我相信你的新詩一定充滿了激情，一定會受歡迎的。」我誠心誠意的希望他成功。

「最近半年來，我已經不作具體的技術工作了，可是在公司裡聽到你的預約電話，我還是自己帶了工人來，爲的是看看你，談談我心裡的感受。」

「你不帶工人來，也可以來談談啊。」我很爲他現在的境況高興。

很快的，一切就緒了，鮑瑞先生和他的工人們愉快地踏著陽光，揮手告別。

我追出去喊：「新詩發表了，別忘了給我掛個電話！」

完全忘記了地毯上的汚跡還沒有清掃。

——一九九一年十二月六日刊於《中央日報》副刊——

註：一九九一年八月是蘇維埃解體的日子。

戒指及其他

週日下午，去肯尼迪中心音樂堂聽波恩交響樂團的演奏會。照例和我們的老朋友D君相約，在附近一家精緻的法式餐廳吃中飯。

D君是我先生研究院時代的同窗好友，名副其實的「單身貴族」。其他事都是獨往獨來，唯有聽古典音樂喜歡和我們夫婦結伴而行。

這位仁兄對音樂，絕不是只聽聽而已，也不是去「感覺一番」而已。他做大量研究。一票到手，先跑圖書館。作曲家及作品不消說了，對樂隊，對其指揮，對其主要演奏員，一一瞭如指掌。如果是去聽歌劇，那更不得了，主要演員的師承、成就、劇評家的評論以及出處，更得一一調查清楚。

音樂會前的吃飯時間，我們不必開口，自有D君向我們如實報告。看他眉飛色舞地將其研究成果娓娓道來，也是一樂。

這次是我們先到。我先生早已電話訂位，三張椅子，三份餐具早已擺放停當。剛剛坐定，D君竟擁著一位金髮碧眼的婦人而來。侍者慌忙搬椅子，添餐具，百忙之中還在我先生耳邊低低抱怨：「您怎麼不早告訴我？」我先生只好兩手一攤：「我們也不知道啊。」

D君忙著把這位婦人介紹給我們。熱烈的寒暄中，我們弄清楚了，她芳名艾莉，祖籍德國，在波恩出生，今天是特地來聽「鄉親們的演出」。

艾莉極爲熱情豪爽，告訴我們D君和她的家庭是在柏林相識的，當時她和她先生在柏林工作。她先生也是美國外交官，德文極流利，素來喜愛古典音樂，尤其欣賞德國樂隊的演奏，對柏林交響樂團更是「愛得不得了」……

又是一位愛說話的。D君還時時加以補充，話題全都圍繞著艾莉的先生。聽起來，那位可尊敬的先生簡直是藝術鑑賞家，音樂、繪畫、雕刻，無一不通。

可是，這位先生在哪兒呢？我心生疑問，不禁瞧我先生一眼，發現他的目光剛從艾莉的手上滑過。

這雙塗了暗紅蔻丹的手，毫無特色，既不修長，也不豐潤，然而這雙手上連一個戒指也沒有！

我不禁又瞧瞧我先生，他的眼睛裡也有困惑。

好在艾莉換了話題。她告訴我們她本人是彩繪藝術家。她馬上拿出照片展示她的作品——一些線條纖細的彩繪漆器，所畫的多是人物和花卉。「典型的德國民間藝術」，艾莉指點著。然後，雙手鄭重地一一分送名片，上面有她的一個「極小的畫廊」的地點和電話號碼。「歡迎各位。」她彬彬有禮地邀我們前往參觀選購。

好不容易，我找到了問話的機會：「維持一個畫廊是極不容易的，你的作品一定廣受歡迎。」

艾莉向我解釋，她每年收到她先生「最後三年薪水的平均數」。靠了這項永不枯竭的來源，她才能做她想做的事。

原來，她的先生已經去世，而且是在工作崗位上去世的。多久了呢？兩年前，他們還和D君歡聚在柏林。他的離去恐怕不過是一年半載以前的事。

艾莉已然全心全意享受單身貴族的樂趣了。

「你們的孩子還常來看你吧？」我先生不經意地問。

「他們都大了。」艾莉一句話打發了這個話題，興致勃勃地大談華盛頓地區有名畫廊的昨天、今天和明天。D君自然是談話好手。我和我先生偏愛紐約畫廊，自然也加入談話。一頓飯吃得熱熱鬧鬧，高高興興。

音樂會上，艾莉沉浸在「鄉親」們帶來的溫馨之中，如醉如癡。休息期間，仍舊大談她和她先生與眾多德國藝術家的淵源。

演奏會結束，艾莉一聲「幸會，幸會。」鑽進汽車，絕塵而去。D君也匆忙上路，趕去赴另一個約會。

我先生感慨不已：「訂婚啊，結婚啊，戒指帶來的幸福和憧憬都一風吹了。」

我倒覺得不見得是一風吹了。艾莉還不是時時處處把她丈夫掛在嘴上。不過，她很欣賞她現有的自由卻是千眞萬確的事實。

一個星期以後，我正在書房寫信，電話鈴響，時針正指兩點，是我先生打電話回家報平安的標準時間。

「Honey！你猜我在餐廳看見誰了?」

國務院餐廳眞是老友重逢的最佳場所。人來人往的，我怎會猜得到呢?

「強生！他回來了，正在安排住處。」

強生夫婦是我們的老朋友，也是好朋友。強生太太更是我打保齡球的好搭檔。他們去巴西工作三年，預定今夏回國，怎麼提前了？

在電話裡問我先生，他說還不清楚，「匆匆擦肩而過而已。」

「太太、孩子都回來了吧？」我迫不及待，已經在盤算把強生太太拉進我的球隊。

「關於他太太，強生一個字也沒說。糟糕，澳大利亞長途來了，我得去接電話。」慌急之中，我先生竟找到了長話短說的捷徑：「強生手上沒有戒指。」

完了。並沒有意外發生，強生這樣保守的男人手上沒了戒指，不是離婚就是分居了。可憐，一向以家庭爲重的強生太太又得打起精神自己過日子了。

唉，世上又少了一個家庭，多了兩位單身人。誰知道呢，兩雙沒有戒指的手又可以各自創造出一份結結實實的屬於他們自己的生活來，也未可知。

——一九九〇年四月十八日刊於美國《世界日報》副刊——

一棵橡樹

我的家在美國維吉尼亞州維也納鎮東南的一個社區。

這個社區有八十三座房子，周圍有寬闊的草坪，一片小樹林隔開了社區與繁忙的大道。在小樹林邊緣，碧綠的草坪上，有一棵兩人抱的大橡樹，人們說，這棵大樹已經有兩百多歲了。

我家的房子，離這棵橡樹最近，也就是五、六十公尺吧。因爲樹身高大，從離樹最遠的房子裡仍然可以看到它。春天的時候，大橡樹率先抽出新芽，很快的，它身後的小樹林也就是一片青翠了。秋天，大橡樹又是頭一個披上金甲，樹葉兒嘩嘩響著，身後的小樹林也很快由金而紅，層層疊疊，成了一幅美麗的畫。

整個社區的居民都把大橡樹看作守護神。

兩年前，一個大公司看中了路邊的小樹林，買下了那塊地，準備加以平整之後蓋一幢辦公樓。社區的屬地只限於草坪而已，小樹林是可以自由買賣的，大家無奈地看著公司的人們勘察土地，揷上界標。大橡樹挺立在界標中間。不知等待著它的，是怎樣的命運。

不久以後，大公司給社區的居民們送來了辦公樓的藍圖。大橡樹仍然標在圖紙上，離辦公樓不足十公尺的距離。在大樓與社區之間是一個平坦的停車場，用樅樹圍定。

看著這張圖，我想，大橡樹在這塊土地上生活了兩百年，它的根系一定比它的樹冠大得多。修建辦公大樓，不傷害到它，是不可能的。很多人都和我有一樣的想法，但我們一籌莫展，只能憂心忡忡地觀望著。

就在這個時候，我們社區的召集人克麗爾站了出來。她是母親、是妻子、是能幹的家庭主婦，同時，也是熱心公益的社會活動家。她不慌不忙地告訴大家，大橡樹已有兩百多年樹齡，屬於被保護的對象。她去圖書館，查到了相關的法令，影印出來，分發給大家。她又請了攝影師，爲大橡樹拍了一張照片，也分發給大家，她召集整個社區的成年人一起開了個會，在會上，她對我們說，如果不希望這張照片是橡樹留下的最後一個影子，我們就應當齊心合力，共同來保護它。

只有三分之一的人全力支持克麗爾；另外三分之一在猶豫中，覺得那個公司買了土地，有了所有權，徵求社區的意見只是爲了睦鄰，不一定眞會照做；另外三分之一完全反對克麗爾，覺得她是白費精神。

當時，克麗爾聽了大家的看法以後，不疾不徐地說了這樣一句話：「如果每個公司在建辦公樓的時候，都得鏟掉一片小樹林，挖掉一棵已有兩百年樹齡的大樹。那麼，再過一百年，我們的子孫後代將生活在一塊沒有樹的土地上。」

她的話，讓我們呆在當地。

大橡樹以它的濃蔭帶給我們清涼。大家坐在這清涼中，呼吸著大橡樹給我們的清新的空氣，但我們竟無力保護它嗎？

沉默著，沒有多久，舉手表決的時候，三分之二的人支持克麗爾代表社區採取法律行動。

克麗爾所採取的行動馬上就產生了直接的後果。

首先，那家公司請專家驗明大橡樹的年齡，專家向地方法院報備大橡樹確已活了二百二十年以上。

其次，那家公司又請專家核定，他們的建築計畫將不會傷害到大橡樹。很可惜，專家們得出了相反的結論。

於是，那家公司一次又一次作出修改與讓步。最後的藍圖是距大橡樹一百呎開始，修建停車場，整個辦公樓挪到了距橡樹最遠的另一側，而且辦公樓眞正使用面積比原先的計畫縮小了許多。

這次，那家公司提出了異議：爲了一株橡樹使該公司蒙受如此巨大的損失，是否合法、合理？

克麗爾毫不猶豫地走上法庭，寸步不讓地與那家公司請來的大律師對簿公堂。

事情到了這個地步，整個社區、八十三家都站在克麗爾這一邊，決心保衞我們的橡樹。

地方法院很快作出了裁決。不但判決那家公司在建房中必須確保大橡樹的安全，而且把我們的橡樹登記在案，使它和維也納鎮的其他有歷史意義的建築物一樣，永遠得到保護。

我們終於贏得了一個機會，一個讓我們的子孫後代生活在綠色中的機會。在這個過程中，法律站在平常百姓這一邊。

今年六月，我們搬離我們的社區，來到美麗的臺灣。

離開的時候，大橡樹愉快地站在維州明麗的陽光下，樹葉兒嘩嘩響著，祝我們一路平安。

我們走得很安心。因爲我們深深了解，在我們離開的日子裡，人們會好好待它，它會一年又一年帶給人們清新、溼潤，以及那一片美麗的青翠與金黃。

——一九九二年十一月刊於《幼獅少年》——

尋找第三種文化的孩子及其他

——與社會工作者一夕談

前不久，老友佩芬陷入惶急之中，她的老三，剛剛二十歲出頭的女孩子，放棄了學業，跑到南美去作生意，樂不思蜀，毫無再回美國的意思。

「連人都找不到。電話打過去，常常人不在。接電話的室友滿口葡萄牙文還是西班牙文，一句聽不懂，更不要說溝通了……」佩芬滿心煩惱。

爲此，她長時間寢食難安，日覺疲倦，精神大減，甚至記憶力也迅速衰退了。用她丈夫的話來說，幾近崩潰的邊緣。朋友們好言相勸，無非是「孩子碰了壁自會回頭」或是「反正你們夫婦把心盡到了，也就隨她去吧」之類的。話是不錯，卻醫不好佩芬的心病。她日日瘦弱。我勸她去和社會工作者談一談。她受不了，一是怕老外不懂中國人的心境，二是萬一人家口沒遮攔，說了出去，她更加吃不消。

我想到一位友人，一位從事社會工作許多年的史太太。她七十年前出生在中國保定。父母是傳教士。她十六歲的時候回到美國，除了在政府作事以外，熱心公益。而且，最要緊的，是她守口如瓶。

和佩芬談了以後，唯一打動她的是史太太在中國生活過，對中國文化、習俗，中國人的心理大概是有一點了解，於是勉強同意讓我陪她走一趟。

史太太在後園看報。她身後有一叢碧竹，挺拔修長，青翠欲滴。可能是這叢竹子使佩芬對這位美國老太太生出了好感，她欣欣然坐了下來，把日思夜想的煩惱和盤托出。

沉吟片刻，史太太說：「典型的尋找第三種文化的孩子。」（Third Culture Child）

這個說法，我是聽說過的。有些出身於軍人、外交官或傳教士家庭的孩子們，隨著父母從一個國家搬到另一個國家，多次遷徙產生了厭倦。他們不喜歡父母的文化，也不肯接受居住地的文化，他們熱中於尋找一種「屬於他們自己」的文化。這種說法在最近半個世紀，也在許多移民家庭流行起來。

佩芬一臉的茫然。史太太沒有引經據典，只是現身說法，輕聲細語告訴我們她自己的故事：

「我的雙親為傳教而去中國。在那裡生了我們兄妹三人。傳教對他們而言是一件神聖的工作。去中國也確是他們的選擇。

「但是，對我們來說，中國只是一個非常豐富的地方，她的歷史文化我非常欣賞，她的天災人禍引發我的同情。但是無論怎樣，我找不到自己的位置。我十六歲那年和兩個哥哥回到美國。半個世紀過去了，我對美國盡了義務也行使了權利，但是，很遺憾的，我從來沒有眞正熱愛過她，我更不欣賞美國的生活方式。我一直在尋找一種與美國文化、中國文化都沒有太大關聯的文化環境。」

「您的兩位兄長和您有共同的心境嗎？」佩芬急急問道。

「不。他們回到美國如魚得水，他們完全不明白我想的是什麼。」史太太微笑。

「您找到了嗎？我是說那第三種文化。」我也急著問。

「時代不同，我們那個時代的人，多半只是幻想。」她沒有直接回答我的問題，繼續順著她自己的思路談下去：「我多年來幻想能生活在北歐。生活在像冰島那樣的一種文化氛圍中，我始終認爲那樣一種文化是非常美的。我自己也翻譯了相當數量的北歐童話、民間傳說。其他的，只是想想而已。五十年了，除了短期旅行，我沒離開美國半步。」

一時，我們都沉默不語，思忖著史太太所經過的內心掙扎。

「今天的年輕人完全不同，他們不只是幻想，他們採取行動，他們離開父母、家庭以及他們生活過的地方，去尋找一個對他們來說全新的世界。」

「這麼說，我的女兒不過是一個尋找第三種文化的孩子?!」佩芬似有所悟。

「有這個可能，」史太太親切地笑著，「不是嗎？她八歲離開臺灣跟你們來到美國。你們自己顛沛流離，自上海而臺灣而美國的經歷，對她來說缺乏吸引力。對那塊令你們無限眷戀的熱土她並沒有太深的感情。對美國這塊她必得住下去的土地更缺乏熱情。她看到了兩種文化的衝突。有許多人在這個衝突裡找到支撐點，取得平衡，久而久之，生活得相當有成就感。也有人採取另一種辦法，抽身走開，去開闢另一個天地。很難說，這有什麼不對。」史太太侃侃而談。

佩芬相當感傷：「我自己是毫無選擇地過了一輩子。逃離上海的時候，我只是牽著母親衣襟的小女孩。我父母每當談起都感慨萬分的上海對我來講是一個遠去的天堂。臺灣的生活才是我熟悉的，也是我眞心喜歡的。可是爲了孩子們的學業，又來到美國。夫婦倆辛辛苦苦把孩子們教養成人，盼望的就是他們學業有成，能在社會上安身立命。說起來，這個願望也不算離譜。可就有了老三這麼一個讓人放不下心的孩子。」

史太太微笑著：「所以，除了尊重孩子的選擇以外，恐怕也沒有什麼更好的辦法了。」

「不過，放棄學業，總不是好事。」佩芬掙扎了一番，終於說出她心底最大的煩惱。

史太太點點頭，「這是另外一個題目了。父母希望孩子求學上進，在東西方都是一樣的，只不過程度有別而已。不過，我切身的經驗告訴我，求學和上進並不一定有絕對的因果關係。而且，我也有過和你一樣的心境。」

原來，史太太有四個兒子。老二和其他三個孩子一樣，童年時期並沒顯示出特別的天分或才華，也還是相當受教的孩子。四個孩子高中畢業後，三個順理成章地步入大學，成績平平地結束了學業，按部就班地過起早九晚五的上班族生活。唯獨這個老二突然表現出驚人的固執，不肯走他的兄弟們正在走的路。

「我們用了一切能用的辦法，」史太太說，「還是無法讓他繼續上學。當時，我們曾希望他工作幾年之後會重回學校，」史太太平靜地結束了這個題目：「沒有，他再也沒有踏進大學的門。」

「用了一切能用的辦法」，史太太一句簡短的話後面不知有多少規勸，多少憂慮，多少不眠之夜！我們沉默著，只聽到風吹竹葉的沙沙聲。

「那麼，他現在怎麼樣呢？」佩芬憂心如焚，打破沉默。

史太太很愉快地告訴我們，她的這個兒子生活得很快樂。他現在是一位安裝門窗的特別技師，和許多公司簽有合同。顧客買了門窗，公司就請他去幫顧客安裝。幾年下來，他有很好的聲譽，而且他有完全自己掌握的工作時間，不受任何人制約。他有相當好的收入，每年他可以自由安排「假期」，和太太孩子一起歡度每一個「他自己認爲是節日」的日子。因爲工作時間的自由，他也比別人更有機會爲社區服務。

總之，他活得快樂。

這是佩芬完全沒有料到的。她沉思不語。

「當初，我們沒有想到，連他自己也不完全清楚，他的固執只是他不能接受一般上班族的生活方式；他渴求更多的自由，僅此而已。」史太太補充道：「我絕對認爲讀書是好事，但我也承認，人們不僅需要醫生和律師，人們也需要安裝門窗的技師。職業不同，生活方式有別，如果是他們自己的選擇，如果他們生活快樂而且對社會有益，我就看不出有什麼高下或好壞之分。」

我覺得史太太已經說出了問題的核心。佩芬依然低頭不語，就提醒她：「你還有什麼想和史太太商量嗎？」

「過了幾年，如果他們過得不好，怎麼辦呢？」

我心頭一顫，可憐天下父母心！

「孩子們作出了自己的選擇，他們就該爲這種選擇負責。兒女三、四十歲了，遇到挫折還可以回家來靠父母，這是中國人的觀念。美國人認爲兒女成年了，該對他們自己和下一代負起責任。至於過得好與不好，因素很多，標準也不盡相同，恐怕是個很大的課題。」史太太一針見血指出中美文化上的不同。

佩芬不是心服口服，不過，她臉上不再憂戚。

「對我現在的情況，您還有具體的建議嗎？」她站起來，問史太太。

「對那些尋找自己世界的孩子們，我們祝福他們吧。」史太太一臉的明朗，緊緊握住佩芬的手，「你是一位盡責的好母親。善待自己，多保重。」

向史太太道別，我們離開了那碧綠的竹園。我寬心不少，佩芬至少了解到她的處境並不是絕無僅有的。她的孩子提出的課題是許多母親共有的課題。傳統和世俗的觀念並不一定能作出十全十美的解答。她沒有全然放心，但她至少鬆了一口氣，爲自己找到一個新的平衡。

「但願老三萬事順遂！」她終於出聲爲女兒祈福，含著微笑。

——一九九〇年十二月廿九日刊於美國《世界日報》家園版——

一個夢想

洛杉磯的暴亂正鬧得不可開交，維州費郡山莊小學的教師卻組織起一個徵文活動，標題用的是金博士（M.L. King Jr）的名言：「我有一個夢想。」（I have a dream.）一時間，學校走廊裡張掛起孩子們圖文並茂的大批文章，很客觀地反映出兒童的心聲。因爲兒子是小學一年級學生，我很自然地對低年級學生的徵文充滿了興趣。出人意料地，這些六、七歲的孩子的「夢想」都和國家、社會、家庭息息相關，很有點心懷天下的味道：

「……有一天，黑人和白人相親相愛，一起工作和生活……」

「……在燦爛的陽光下，人們過著幸福的日子，不再記得他們膚色的不同……」

「……人們快樂、幸福、不再貧窮，人人努力工作，甚至不再感覺到他們有不同的背景，文化、宗教和膚色……」

「……世界再沒有戰爭，人類不再自相殘殺，也不再虐殺小動物，世界上充滿歡樂……」

很快地，孩子的文章中，越來越多地出現他們對家庭的嚮往，對親情的依戀：

「……我夢想爸爸、媽媽不再喝酒，不再吵架……」

「……醫生們努力工作，找到治好我舅舅（或叔叔）病的藥，救活許許多多得了這種病的人……」孩子們不善於掩飾，一望而知，小小年紀已經聽說了愛滋病的可怕。

「……我夢想，有一天，我會知道誰是我的爸爸，他和我們住在一起……從此過著幸福的日子。」

千篇一律的，孩子們套用「白雪公主」和「灰姑娘」的結束語，「夢想」著一個個破碎的家庭，從此可以過上幸福的日子。

看這些稚嫩的文字，忍不住心頭的悸動。

忽然間，我看到了狄廸奧的名字。

他的文章很不短，一字一句，清清楚楚道出了他對一個「家庭」這樣的概念的詮釋與執著。

我永遠不會忘記，第一次看見狄廸奧的情形。

三年多以前，我帶兒子第一次踏進「小世界」幼兒學校的門。校長瑞德太太讓我兒子和他的同班同學在「會客室」見面。

互相說了名字之後，一個男孩問我兒子：「你有爸爸嗎？」他有一頭鬃刷般根根直立的短髮及神氣的五官，略略矮小的身材。

「有。他上班去了。」我兒子很驕傲的回答。

「你有幾個爸爸？」

「一個。」兒子回答，有些猶豫。玩具是越多越好，爸爸只有一個，是不是不夠Cool，他不很清楚。

「你也有媽媽嗎？」

「有啊，那就是。」兒子很驕傲，指著我，告訴他的新朋友。

「你也只有一個媽媽？」他的新朋友仍然不依不饒。

兒子這次完全恢復了自信：「我只有一個媽媽。」很驕傲的，潛臺詞當然是：「她是我的媽媽。」

那男孩居然很大人氣地在我兒子肩頭輕拍一掌：「你，是個幸運的傢伙！」那，就是狄廸奧，那個時候，他只有三歲半。

我曾向瑞德太太請教，狄廸奧問話的由來。

瑞德太太告訴我，太多的單親家庭以及完全失去親人但非孤兒的幼兒……。

她進一步解釋說：一般來講，父母離婚，孩子的監護權是母親的，父親多半保有探望的權利，但母親發生意外或不適宜再擁有監護權的時候，孩子們並不能百分之百回到生父身邊。

不用再說了，酗酒、吸毒，患了絕症等等等等。我仍然不肯罷休，追問了一句：

「像我兒子這樣和親生父母住在一起的，不算太少吧？」我希望著。

瑞德太太卻徹底粉碎了我的期待：「這裡是很好的學區，居民的受教育水準與生活水準都不差。不過，和親生父母住在一起，父母有婚姻保障的，總之，像狄廸奧所說的，幸運的孩子在我們學校裡，也不過百分之二十左右。」

我無言。

「踏入社會」的初期階段，也就是個把月吧，兒子回來，還會張著困惑的雙眼，問我：

「爲什麼湯米的第一媽媽送他上學，卻是他的第二爹地接他回家呢？」

或是：「媽咪，好奇怪，潔茜每個星期二和星期六都不和她媽媽住在一起，得到她爹地家去，她怎麼辦，每個星期都搬家嗎？」

面對這種充滿關懷的問題，我總是恨自己的笨拙，不知該怎樣把破碎的家庭中發生的種種不幸，解釋給三、四歲的孩子聽。

過了幾個月，兒子早已見怪不怪，不再提問，反而用平淡的口氣，把他朋友們的遭遇講給我聽。

於是，我知道了狄廸奧的近況。知道他先是在都已經另組家庭的生父和生母之間流浪。過了一年半載，父親因爲一再酗酒以及其他劣跡，失去了監護權；又過了一段時間，狄廸奧和我兒子都在幼稚園畢業的時候，他的生母也因酗酒，不能控制自己的行爲而徹底失去監護權。狄廸奧和一個完全沒有血緣關係的家庭生活在一起，男主人是他生母的第若干任前夫，女主人則是男主人新婚的妻子。一「家」三口，全用名字相稱。

清楚記得，一個十一月的週末，星期六吧，近中午時分，一個男孩子打電話來找我兒子。

兒子用手捂住聽筒，問我，可不可以接狄廸奧來家裡玩。我說，當然可以，然後接過電話，問狄廸奧的家在哪裡。

狄廸奧心平氣和地告訴我，他是在一家藥店門口的公用電話亭給我們打電話的，因爲「大衞和他太太出門了，他們要我出去找朋友玩幾個小時。不巧的是，鄰居的小孩都不在家，所以才打電話過來」，聲音不僅有禮貌而且十分的抱歉。

一個六歲的孩子，獨自一人在藥店門口，僅此一項已經夠驚人了。狄廸奧在電話裡準確地告訴了我藥店的位置，我一邊穿大衣一邊三言兩語把事情告訴先生，抓起車鑰匙，拉了兒子就往外跑。我先生也緊隨我們追了出來，結果我們一家人去接狄廸奧。

直到現在，我仍不會忘記，那是一個怎樣淒涼的畫面。

灰暗的天空底下，十一月的冷風打著旋，捲起幾張路人掉下的舊報紙，藥店門口冷冷清清，一個男孩子蹲在廊柱旁邊，蒼白的小臉上毫無表情。

車子停在身邊，兒子搖下窗戶，對他又招手又叫，他才露出笑容，很帥地拉拉夾克的下擺向我們走過來。

在車子裡，我先生問狄廸奧，他的家距那藥店有多遠？

他漫不經心地向路盡頭一瞥：「不遠，走到這裡，不過半個小時吧。」

我和先生對望一眼，他的牙關咬得格格響，我知道，他的憤恨幾近頂點，如果那對男女就在面前，眞不知他會幹出什麼事來。

兩個孩子畢竟是孩子，整個下午玩得非常開心。我和先生兩個大人坐在一邊，卻是心事重重。

剛才進門時，狄廸奧脫下他又短又小的夾克，交給了我。順手一摸，夾克已經只剩兩層布，幾塊塑膠棉早就滑到了邊邊上，裡子也已破爛，手裡捏著這件小夾克，我簡直不敢相信身在兒童天堂的美國。

怎麼辦呢？兒子壁櫃裡好幾件厚厚實實的夾克，我挑出一件，有帽子的，拿在手裡，不知怎麼辦，不知會不會傷到狄廸奧的自尊心？

天暗下來了，我們決定帶兩個孩子去吃晚飯，飯館由他們選。兩人異口同聲說是去吃比薩。

出門的時候，我把那件又厚又軟的夾克披在狄廸奧身上，他把手伸了進去，自己拉好拉鍊，低頭看了一下夾克上的商標。小臉上掛著笑：「阿施卡施，很好的牌子。」

我直想一把把他摟在懷裡，我先生及時止住了我，只像男子漢見面那樣在他肩上輕拍一下，拉著兩個男孩子出了門。

從暖融融的飯館出來，街上飄起了雨夾雪，濕冷濕冷的。狄廸奧伸過手來，我握住它，他回頭看我們，晶亮的六歲孩子的眼睛，一瞥之下卻掩住了千言萬語。

車子經過藥店，向著路盡頭駛下去。彎來繞去，停在一座小房子前面，窗子裡閃著燈光。

「狄廸奧，任何時間，歡迎你。」我叮囑他。

我先生下了車，陪他走上臺階。

狄廸奧卻止住了他，向他道晚安。

我先生站在臺階上，我們坐在車裡，狄廸奧撳響了門鈴，過了一會兒，一位身懷六甲的婦人打開了門，狄廸奧向我們揮揮手，走了進去。那婦人打量著我們，一言不發，面無表情地轉身進去了，關熄了門廊上的燈。

現在，我站在學校的走廊裡，讀著狄廸奧的「夢想」。

「……清早，太陽光灑進我的臥房，我睜開眼睛，看到親愛的爸爸媽媽站在我的床頭，他們愛我，我也愛他們……這是我的一個夢想……。」

愛人與被愛只是一個夢想。我站在走廊裡，淚眼模糊地看著這六歲男孩的夢想，動彈不得。

——一九九二年九月刊於《幼獅文藝》——

蘇富比的一幕

五光十色的曼哈頓有幾顆特別閃亮的星。坐落在東河之濱，York 大道和72街交口處的蘇富比拍賣場(Sotheby's)是其中之一。

參觀拍賣場不同於博物館。在拍賣場出入的多是私人的收藏。許多價值連城的奇珍異寶都如曇花一現，想再見不知得等上多少年。

世人皆知，每天進出蘇富比的各種通貨是以百萬、千萬計的。但是它的外表卻是樸實的水泥方塊建築。裡面的設施也遠不如香港知名大酒店內廳裡的拍賣場來得幽雅、豪華。通常只用簡易隔牆分隔出適當的場地，光線充足，坐椅隨便。格調的簡單與樸實絲毫不影響蘇富比二百五十年建立起來的無以匹敵的信譽。

一九八六年秋，我得知在此將舉行一場中國陶器和其他精美藝術品的拍賣。時間訂在十二月三日，並且自十一月廿八日起對參加拍賣的藝術品公開展覽。只有十二月一日一天需事先預約，估計那天將有買家親自到場「看貨」。

廿八日，星期五。我閒閒地從家裡出發，步行穿過三個街口，來到蘇富比。這才發現，十二月三日遠不是只有一場拍賣，就中國藝術品而言就有上、下午兩場。

走進展覽大廳，看見不少老人氣定神閒地坐著。他們的孫兒孫女們正在展品櫃前轉來轉去。

稍稍留意，竟發現這些孩子們是來蘇富比選擇聖誕禮物的！中國古陶的市場價格不是很高，可無論怎樣，哪怕不是稀世的珍品，單價也不離五仟美金之譜。唉！紐約客的豪富也實在是夠瞧的。

這一次的拍賣以一件卅七吋高，缺頭斷腳，失了雙臂的唐代石刻舞俑爲極品。舞俑身上薄如蟬翼的舞衣，長及膝的飾物和那披在肩上的一縷柔髮無不栩栩如生。估價在八萬到十二萬美金之間。

此外，尚有古玉、青銅器、漢陶、唐三彩、宋瓷、明瓷及康熙、乾隆年間的許多瓷器精品，以及歷代佛像等等總共二百九十件。

十二月三日上午將拍賣九十件，其餘兩百件在下午拍賣。

我最喜歡的古玉在那九十件之中，而那座唐代舞俑又被歸入另外二百件裡，究竟看哪一場一時間很難取捨。

我在蘇富比簽名登記，約定星期一再來好好觀賞一番。

這一天的情形好多了，大廳裡靜悄悄的，只有幾位買家正在用放大鏡檢視著瓷器和青銅器。

我悄悄站在玻璃櫃前，面對一塊古玉屏住了氣。

那是一條戰國時代的龍。一條玉石雕刻而成的淺褐色的龍。玉石本身美得令人目眩的色澤和那巧奪天工的雕刻技藝把我定在了當地，目不轉睛地瞧著它。

一條多麼年輕的龍啊，還沒有龍鬚呢！它的身體彎成弓形，它的頭部平行彎至肚腹下面，尾巴在弓身的尾端向上翻捲著，整個形體呈一個極具力度的S形，在龍的肚腹和尾端，分別有兩朵象徵祥瑞的雲。這是一條蓄勢待發的龍，它即將騰空而起！

耳邊忽然飄來一聲輕嘆，隨著而來的是一句滿含江浙口音的中國話：「是的，就是它。」

我擡起頭來，不知什麼時候，身邊已經站著一位清癯的老者，他滿頭銀髮梳得一絲不亂，身穿筆挺的灰色長衫。他身邊站著一位眉清目秀的西裝青年。

那青年似乎就等老人這句話，他向警衛人員走過去。

老人身材高高的。他雙手杵在拐杖上，低眉，直視著櫃中的古玉。

這塊古玉和這位老人有何淵源？看著他平靜的面容，專注的神情，我不禁有點好奇。來蘇富比的中國人並不少，穿長衫的卻是初見。我沒有動，等著看下文。

警衛過來了，向老人點頭問好，用鑰匙開啓玻璃櫃，把那個盛著一條龍的黑絲絨盒子捧給老人。

老人把拐杖掛在臂彎上，雙手捧起盒子。

一抹笑意慢慢浮上他的臉：「那三條紋理還在，你看到了？」老人問，眼睛沒有離開手裡的玉龍。青年吐出一聲輕嘆：「我看到了。」卻是純正的國語。

「在哪裏？」我忍不住問。

這時候，老人才看到我。他笑了，是長輩慈祥的笑。

他看看警衛。見多識廣的蘇富比警衛禮貌地微笑著。老人把盒子放在我手裡，指點給我看：「自龍頭起，三條細細的紋理一直通向龍尾。你看到了？」

我看到了。心裡想著，也許正是玉石上這三條紋理點醒了兩千多年前的雕刻大師，使他賦予這塊玉石以生命。

「世界上還有另外一條龍有此神韻嗎？」我問老人，雙手將盒子捧還。

老人先轉交警衞，看著他把玉龍鎖進玻璃櫃，然後才轉過身來回答我：「有一對，形相近而神不似。在倫敦。」

「也是私人收藏？」我不肯罷休。

「不，那一對在博物館裡。」老人笑著，很爽朗的。

話音未落，大廳裡湧進一群人。爲首的一位，五短身材，年紀不輕了，兩鬢灰白。胸前一個碩大的名牌，日本國旗紅白分明地閃著亮。他用短而粗的食指在大廳裡指指劃劃，向身邊的人哩哩哇哇地吩咐著。簇擁著他的人們「嗨，嗨」地應答著。

五號大道上擠滿了腰纏萬貫的日商和日本遊客。他們頤指氣使的神態不會使見怪不怪的紐約客駐足。在蘇富比，他們的闖入更不會令來自世界各地的大亨們多看一眼。人們依舊在作自己的事。

我覺得有點滑稽。今天來蘇富比的，不是精於此道的收藏家，就是大有來頭的鑑賞家。像我這樣只爲增長見識而來的「看客」已屬例外。誰想到還來了這麼一批客人！

老人轉過身來：「再見了。」

我也向他和那位青年道別。

老人用右手掄起拐杖，衣衫飄飄地向大門外走去。門開處，留下一個極爲飄逸的身影。

我目送著老人，不願移動。

還有一位呆在原地，行注目禮的，是那位掛著大名牌的客人。

日本人移回視線，向盛放玉龍的玻璃櫃走來。

我忽然非常希望老人能得到那條龍。蘇富比的估價只是四仟到六仟美金，不是很大的數目。我默禱老人可以達成他的心願。

十二月三日上午，我走進拍賣廳的時候，已經有不少買家的代理人手持小圓牌坐定了。我看到上次見過的那位青年和一位文靜、秀麗的東方女孩坐在一起。他想必是老人的代理人，手中的號碼是廿七。我在他們身後不遠處坐了下來。幾分鐘後，兩天前見過面的日本商人和他的代理人也走了進來，晃動著的號碼是卅一。

拍賣開始了。主持人先用幻燈向大家再一次展示每一件藝術品的全貌。那是我最後一次見到那條年輕的龍的影像。

爭奪不緊不慢地進行著。

卅一號的胃口不小，一路殺過來，沒遇到對手。幾件藝術品都在蘇富比估價之內很快成交。兩位日本人志得意滿，左顧右盼。

忽然之間，一直沒有動靜的廿七號，頻頻出現。古玉的爭奪已經開始。

玉龍的身價幾分鐘內由三仟美金叫到九仟。衣冠楚楚的代理人們饒有興味地注視著這場東方人之爭，拍賣場內氣氛大爲活躍。

「九仟七！」主持人報出數字。

青年毫不遲疑地舉起手中圓牌。

不等主持人再有表示，日本人也舉手示意。

女孩臉上閃過一絲不安。

青年目不轉睛直視主持人，志在必得的決心溢於言表。

「一萬！」廿七號和卅一號同時舉起。

「一萬五佰！」

「一萬一仟！」

……

終於三錘定乾坤，「屬廿七號！」青年爲老人奪得玉龍。成交價高出估價一倍。

場內大嘩，原來日人也有上限！

代理人個個精神大振。卅一號遭到一連串阻擊，藝術品價格在激烈的爭奪中迅速竄升。

捺不住好奇心。下午，我重回蘇富比。沒有見到青年和那女孩。長衫老人也沒有出現。他們大概帶著玉龍離去了。

我只看到了滿頭大汗的日本人以卅八萬五仟美金的高價戰勝微笑不語的摩洛哥收藏家的代理人奪得唐代舞俑，結束了這一天的鏖戰。

買家和看客紛紛離去。我獨立大廳，心頭悵悵的。

蘇富比的一位女經理走過來：「有什麼事，我可以爲您效勞嗎？」

買家與賣家的資料對於蘇富比來說是絕對的祕密。我什麼也不能問。看著她，我萬般無奈，只好請她將這次拍賣的全部成交紀錄寄我。通常在這種資料上只有藝術品的名稱、拍賣時的編碼和成交額。

無他，留個紀念。

在曼哈頓居住的兩年中，我又親眼目睹了許多次人類文化遺產的爭奪與短暫的再分配。不是嗎？人類的生命長度怎能和藝術品的生命爭短長。任何激烈的爭奪不過維繫一個短暫的擁有罷了。

在這許多次的拍賣中，包括中國古代書畫、瓷器和其他藝術品。我再也沒有見到那位長衫飄飄，帶江浙口音的老人，也沒再見到那青年和女孩。

每次在博物館或者藝廊看到古玉，我總會想到那條即將騰飛的玉龍，想到玉龍呈現給人類的力與美。也許，有一天，我會去倫敦，看看另外那一對龍。哪怕它們只是形似，並沒有這條龍的神韻。

——一九九三年二月刊於《幼獅文藝》——

珍貴的友情

常有人問我，對於中西方文化之不同，有些什麼樣的感受。更有談得深一點的朋友會問得更直接：諸般不同之中，哪一樣給你的刺激最深？

如果要簡要地回答這個問題，就我個人的經驗，美國社會裡友情的缺乏是最令人寒心的了。

常常是一團烈火碰到了億萬年冰山。不消說，連熔掉一個角的機率也是低於零的。雖然近年來地球溫度昇高，冰山的狀況也有所改變。美國人對友情的態度仍是處在一種「不需要」的冷漠之中。視友情為無價之寶的我輩常在一句：「This is not my business.」或者乾脆來一聲：「Not necessary.」之後，周身寒澈，只得退出十萬八千里。碰得多了，也就學了「乖」，不再濫用熱情。將與生俱來的熱心腸打入冷宮。畢竟心有不甘，在對美國社會的冷漠感慨萬端，無可奈何的同時也常想一探究竟。

身邊人正好是典型的美國文化造就成的，自然而然，成爲研究對象。

他的同事，熟人不可勝數，「朋友」卻寥若晨星，且有越來越疏遠的趨勢。

一日在紐約，我好奇心起，問他，你的中學、大學的同學××不是在紐約嗎？怎麼不打個電話，去看看他呢？依我想法，這位老同學幾乎是碩果僅存的朋友了，總不成也放棄了？

誰想到他平平淡淡回答我，此君已婚。言下之意，其另一半不能視其友人爲自己的友人。友情、親情兩較之下，自然捨友情了。

原來如此！除卻社會的，個人的諸般因素之外，婚姻也是美國人友情的大敵。我總算是又上了一課。

出於相同的心理。我的另一半對我視友情爲瑰寶的態度也極有興趣。共同生活的十年中，我讓他認識了許多位肝膽相照的朋友，每一次也都令他驚嘆不已。

幾天以前，我去參加簡宛組織的北卡文藝盛會，會前會後的點點滴滴都令他讚嘆不已。溫柔敦厚的簡宛，我跟她在此之前，一共只見過兩面。她是極爲成功的作家，也是極可親近的朋友。三言兩語之間，毫不著痕跡的，她會自然拉近人與人之間的距離，最可敬的，是她時時處處爲人著想，態度更是極懇切，極誠摯的，不由人不跟她親近。

簡宛打來一個電話，先說我搬家在即，一定很忙，然後談及書友會的事。

北卡三角地，匯集了來自五湖四海的讀書人，卻連一家中文書店也沒有。簡宛爲愛書人舉辦一系列藝文活動，其精神實在可佩。

還未放下電話，我已經決定去了。很高興能有機會爲朋友助陣。

我先生卻在邊上提醒我，簡宛想必也有家庭，你們的聚會好當然是好，不知她家裡人吃得消吃不消。

我沒見過石家興教授，只在簡宛文章中悟到他們伉儷情深，夫妻禍福與共，互相支持。在西來寺開會，簡宛也曾一再提到家興對她的鼓勵與愛護。

支持，是有多種層次的。簡宛能得到怎樣的支持，我也心中無數，打定主意，儘可能少給他們夫妻添亂。

哪裡想到，一下火車，來接的，竟是石教授。在美國，送往迎來的事是最煩人的，也是最花時間的。他卻全都包了下來，接火車接飛機，把朋友們安頓到家中，旅館中，再接往開會地點，接去吃飯，參加活動，再送回去。一趟又一趟，不但看不到他有絲毫的厭倦，反而是一路上妙語連珠，被他接送的朋友們如沐春風，早把一切顧慮拋到了九霄雲外。

除此之外，還有兩件事更令人驚嘆不已。

簡宛是極有組織能力的，各項活動也安排得井然有序。書友會和北卡學生會的朋友們也極有效率的，一環扣一環，辦得天衣無縫。家興穿梭其間，周到而細緻地關注到每一個環節，座談會上更提出有趣的討論題目和主持人簡宛呼應得極爲默契。引得我忍不住叫好！另一件出人意表之事，家興嗓音寬厚，素有北卡歌王之稱。他的歌聲數次把文藝活動和文友的聚會推上高潮。我在感動之餘，也撥動家中電話，讓我先生在電話線另一端欣賞。他羨慕得不得了，而且頗有所悟的說，簡宛的號召力眞是不同凡響。

臨離開之前，我和簡宛私下交換意見，由衷讚賞家興作爲一位生物學家對妻子文學事業的無私奉獻。

簡宛一如既往，坦誠相告，家興是把她的事當作自己的事，把她的朋友當作自己的朋友的。

這是最高境界的理解和支持吧！

筆走至此，仍無法打住。

家興、簡宛夫婦，劉西北，安諾夫婦，琦君姐，思果先生，玲瑤一行浩浩蕩蕩去火車站送我。一向自認爲還能講幾句話的，在這個時候，感激得連個整句子都說不出了。

上得車來，朋友們還在揮手作別。

身邊金髮碧眼的小姐問我：

「好傢伙，你有這麼多親戚啊！」

「是朋友，很好很好的朋友！」我回答。

她滿臉驚異。我才明白，上了車，又從天堂回到了人間。於是補充：

「也是親戚，很近的親戚。」

小姐微笑，點頭，不再視我爲外星人。

——一九九二年三月卅一日刊於美國《世界日報》副刊——

迴響

費城獨立大厦跟前，高樓林立。雨後陰濕的小巷夾在大樓投下的陰影裡，在那小巷的轉角上，一幅陳舊的、毫不起眼的招牌告訴路人，在那大樓的底層，有一個博物館，收藏了插圖大師諾爾曼・洛克維爾的大量畫作。

直到現在爲止，美國批評界和美術界中的許多人仍不承認洛克維爾（Norman Rockwell 1894-1978）在美術史上的地位，也不承認他是一位眞正的藝術家。他們只承認他是一位 Illustrator——插圖畫家。

然而，普通的美國老百姓卻打從心眼兒裡熱愛他，熱愛他留下的那些樸實的、親切的畫面。這些畫面和人們的生活是那樣的親近，和童年、少年時代的回憶是那麼的密不可分。這些畫——一些人稱這些畫爲招貼畫——這些色彩鮮明，線條逼眞的畫，正像一面面鏡子，反映出美國老百姓內心深處所珍藏的那一塊淨土。

大門開處，順臺階走下去，打開一道普通的灰色鐵門，整個博物館只是一間長方形的大屋子，進門處用隔板攔出一個狹長的禮品部，在那裡人們可以買到洛克維爾畢生畫作的複製品。其他的地方，從地板到天花板，密密排列著的就是那些比攝影還要逼眞，坦率地勾勒出美國社會中人生百態的插圖、雜誌封面，或者一些人所說的，招貼畫。

這些畫，太多了，太擠了。博物館主人堅持說這個地方是最理想的，因爲這裡曾是《週六晚報》（*The Saturday Evening Post*）雜誌的編輯部。在整整四十七個年頭裡，洛克維爾夾著他爲雜誌所畫的封面，來到這間地下室和編輯朋友們一道爲這本暢銷雜誌費心費力。人們都記得，這本雜誌當年的讀者數量都是以百萬計的。

每週開門七天的洛克維爾博物館，就在這間陋室中接待成百上千的參觀者。人們來這裡追索的不是歷史，而是一份溫馨的回憶，一個或幾個從心靈深處迸出的火花。卓越的插圖大師離開這個世界已經十三年了，但他所描繪的一切都深植於人們心中，還遠遠沒有成爲過去。

「瞧，這張，你還記得嗎？那一天……」

「當然，噢，那是個多美的日子……」

狹窄的空間，身前身後，不時響起類似的驚嘆。

畫面上，衣著樸素的一對青年男女站在櫃臺前仔細端詳一張紙片上的字跡。櫃臺後面胖胖的辦事員昏昏欲睡，滿佈塵埃的辦公室，剝落的壁紙，一切的漠然和破敗在燦爛的陽光下變得溫柔起來，而最迷人的當然是從準新娘踮起的腳尖、年輕人眉梢眼角的笑意流露出的無邊的喜氣。畫的題目是「結婚准許證」。站在畫前的老夫婦默默地仔細地瞧著畫，兩人不時交換著會心的微笑。畫中人、畫外人相映成趣，組成人生最美好的畫面。面對這樣的場景，人們不能不讚賞洛克維爾一瞬涵蓋永遠的巧妙構思。

洛克維爾畫面的主人公多是普通人，鄰居、兒童、少年、救火隊員、警察、侍者等等。因此，儘管是極嚴肅的題材也深深浸潤在一種溫情的氛圍中。

少年離家出走！多麼嚴重的社會問題，牽涉到的層面廣泛而深刻。洛克維爾把這個出走的孩子安排在一個咖啡店裡，他像大人一樣坐在高腳凳上；說確切一點，是高懸在那裡。腳下放著他癟癟的行囊，少年是準備帶著它走遍世界的。他旁邊坐著一位和顏悅色的警察。想必這位警察先生是看著少年長大的，他正笑吟吟地和那少年聊著。畫面暗處，櫃臺後面的侍者正全神貫注地傾聽著少年的傾訴。雖然孩子的臉上還有相當的嚴肅，我們可以放心地預測這一場出走將以喜劇收場。

誰沒有過負氣的少年時光，而且誰又不渴望傾訴與了解？看著這樣一幅令人心動的畫面，即使是塵封已久的心田也會為之悸動吧？

現代人為了今天或明天忙得不可開交，友情已經相當稀薄，親情也不那麼厚實了。洛克維爾的畫，像春風，拂開了世俗的人際隔膜和疏離，呈現出一幅幅溫柔和親近、關愛和體諒。一句話，他輕輕撥響的是人們心上的弦。

至於戰爭與和平這類波瀾壯濶的題材，洛克維爾用極其凝煉的手法加以表現。兩個可愛的孩子玩了一天，上床沉入了夢鄉；母親輕柔地為他們掖好被角，父親低頭凝視甜睡的孩子們。樓下的燈光柔和地灑向樓梯的一角。祥和與寧靜構成畫面的基調。

懸在畫面中心，捏在父親手中的那一張報紙，道出了外在世界的眞實——戰爭與殺伐。一張報紙迅速粉碎了整個畫面所突現的和平，使之變得脆弱，變得不堪一擊。

維護和平與正義，反對侵略和戰爭的呼聲自畫面升起。一九四一年八月，大西洋憲章誕生，洛克維爾正是用這張畫詮釋羅斯福總統、丘吉爾首相「自由源於根除恐懼」的號召。他也正是用包括這張畫在內的一系列畫作加入了反法西斯的戰鬥行列。整整半個世紀過去了，對戰爭的厭惡，對人類獸行的恐懼還是沒有過去！熱愛和平的人們為了自由和安定還得付出血的代價。

洛克維爾用他的畫筆強烈表現出的對人類尊嚴的維護和嚮往，正是今日世界的鮮明寫照。他在人們心中引起的迴響是不會被時間湮沒的。

——一九九一年四月十九日刊於美國《世界日報》副刊——

阿米什

—不散的筵席

年前，驅車北上，跑了一趟號稱賓州小荷蘭（Pennsylvania Dutch）的蘭卡斯特（Lancaster），有兩個緣故。

多年來，心儀著名的阿米什(Amish)百衲被(Quilt)，很想親眼看一看，親手摸一摸；更想買幾個樣本回來，也可以自己動手作上一條。

百衲被是美國民間手工藝術的驕傲。我自己也深深喜愛這門技藝，親手作過好幾條，越作越大，也越作越有味道。美國多數百衲被，重點都在布塊的拼接上。比較傳統的一種，源於歐洲，色彩明朗，圖案多採規則、對稱圖形。這種手工藝也非常容易吸收外來文化，近年來，東方扇子圖形已常被採用。現代派則利用百衲被的基本製法，將布塊剪成不規則形，用不同的針法拼接作成圖畫或表達一種感覺、理念，呈現一種全新的風格。

流行於斯堪的那維亞的卻是完全不同的。北歐婦女用整塊雪白亞麻織物作面，白棉布作裡，中間「絮」上一層襯，成了一條完全沒有拼接的被子。然後用白線「衲」（Quilting）出華麗的花紋，題材多是玫瑰、夜鶯、大小心形，效果與美國百衲被大不相同，很貴族化的。

阿米什百衲被卻有獨特的風格。布塊拼接無論簡單或繁複，多呈傳統基本形狀，三角形、正方形、菱形等等，色彩明朗而豔麗。周邊一定留下寬寬的條狀區域，多用深色材料，爲「衲」的技藝留下寬闊的用武之地。這也就成了阿米什百衲被的傳統特色。傳統手工藝的特色必和人的生存形態、文化傳承產生最爲直接的因果關係，這引發了我的好奇。

至於另一個緣由，卻是和美國人無法討論的，卽宗教問題。眾所周知，美國的阿米什人是荷蘭與德國移民的後代。他們的祖先在發生於一六九三年的一次內部爭執中追隨其領導人物 Jacob Amman，而成爲一個非常牢固的族群。並由此得到了阿米什（Amish）這個稱謂。

他們信奉基督教新教門諾（Mennonite）派教義，是虔誠的基督教新教徒。門諾派創始人門諾・西門斯（Menno Simons）則是深受再洗禮派影響，堅定地認爲初生嬰兒受洗無效，成年後重新受洗才能成爲眞正信徒的。爲此，再洗禮派、門諾派都曾是中世紀歐洲天主教傳統的叛逆，曾受到極其殘酷的對待。

美國人忌談宗教，認爲絕對是個人選擇，神聖不可侵犯。我個人深有同感，更覺父母無權爲嬰兒決定信仰，孩子成年時作出他（或她）個人的選擇是最具理性的安排。因爲心下對再洗禮派的贊同，所以對今天的阿米什人堅守門諾教義也產生了極大興趣，很想了解，阿米什生存方式的不肯變革是否源於信仰。

今天，五、六萬人眾的阿米什人分佈在賓夕法尼亞、愛荷華州等地的幾個族群中，族群之間通婚以延續後代和避免近親連姻。他們有《阿米什消息報》，用英文和德文出版。

阿米什人無論男女，著黑衣，戴黑帽。男性留鬍子，女性不用化妝品，拒絕了一切服飾潮流的誘惑；不過，個人的特質也完全隱藏在這一片黑色之中，無法辨識了。

阿米什人拒絕使用電力，認爲由電力引發的現代工業破壞了環境。他們擁有世上最爲清新的空氣，但他們拒絕了電燈照明，拒絕了電視。他們是否能夠收聽廣播，不太清楚，只知道近年來，他們已經極不情願地接受了瓦斯燈和乾電池。

阿米什人崇尚農業，他們認爲辛勤工作，虔誠祈禱是日常生活最重要的內容。遠觀阿米什人坐落在田園之上的雪白住房（通常爲二層建築物），伴隨著的是高大整潔的穀倉以及原木結構的風力磨坊。所有的建築物大同小異，顯示出完全一致的自給自足的生活形態。

阿米什人不開車，認爲汽車使生活速度加快。人跑得太快了，就會遠離族群，甚至忘記了教義。他們仍用黑色馬車代步。

蘭卡斯特的「大街」只要一離開四十號公路，馬上成了沒有路燈，很窄的雙向單行線。幾乎每個街口豎著「不准超車」的牌子。事實上，心急的駕車人如果眞想超車只能開上反方向的行車線，必得違反最基本的交通規則。於是，汽車跟在踽踽而行的黑色馬車身後，一點一點以時速五—八英哩緩緩移動，就成了阿米什居住地方的獨特景觀。

黑色的馬兒因爲節慶也因爲天寒，披著紅氈，儘管汽車在身後排成長龍，依然不疾不徐地踏著碎步，優雅地走在纖塵不染的街道上。車裡的阿米什人手握皮韁繩，神態安詳。

晚霞抹紅了天際，在一覽無遺的原野上留下一道寬闊的光亮，和溫柔的夜幕形成色彩上的反差，像透了阿米什人在百衲被上留下的寬幅邊圍。阿米什人在那上面衲出麥穗、花籃、生機勃勃的樹葉，正是生活的再現，眼中美景通過手工得以永存。

最後一絲霞光隱去，夜幕俯蓋大地，阿米什人的窗上亮起聖誕「燭」光，是用電池的那種。「燭」光後面是一片朦朧。黑馬、黑車、黑衣人行在無燈的街上畢竟不安全，在州政府的三令五申之下，阿米什人不得不在車身背後安裝了一種三角形的紅色光學材料。汽車行駛中發現一個紅色三角形在一團漆黑中閃閃發亮，駕車人就明白，一輛阿米什馬車正在前方趕夜路，車速須降至五英哩以策安全。車子亦步亦趨，成了蝸牛的當兒，我卻在想著自己頭一次把車開上高速公路時，心中的歡悅，那種忽然間生出翅膀的感覺實在美好。對拒絕速度的阿米什人不由得深覺遺憾。

世界上沒有人願意生活在一個被觀賞的地位中。阿米什人用一種「相聚歡」的形式向世人介紹他們的生活方式。在被他們稱作 People's Place 的地方，外來者可對他們的歷史、文化有一點了解。相當數量 Amish Farm 則給旅遊者提供「深入」其家庭的機會，親自體驗一番返璞歸眞的生活情趣。

在這些參觀博物館式的活動中，人們看到的是阿米什人爲了傳承，爲維持他們在人間不散的筵席——阿米什族群而作出的驚人努力。

教育是傳承的重要組成。阿米什人訴諸法律贏得自己辦學的權力。看他們的學校不能不驚嘆其整潔有序。牆上最醒目處張貼著「教師須知」，其中只有兩條與教學有關，而另外四條都是爲整潔而設的，對象包括學生、課堂及環境。明令孩子們需把衣帽掛整齊，中飯盒放在指定的擱板上，最重要的，是警告所有人：學校重地，不准嚼口香糖！

外來人不能不對這樣的校訓表示由衷的讚美。

至於學習內容與普通公立學校並沒有太大不同。只不過，阿米什人在學校裡通用帶有賓州口音的荷蘭語。學習讀、寫、說英語及讀、寫德語。

學校側重的是語言、藝術、耕耘。孩子們熟知一切與播種、收穫有關的知識。與高科技相關的學識，包括數學在阿米什校園內都不佔有重要位置。如是，這些穿著黑斗篷，戴著黑帽子，滿臉純眞的孩子們就在他們特有的語言氛圍中學習維護族群，使之眞正成爲一個人間奇蹟。除非是極具叛逆精神，否則是跳不出去的了，我這麼想。我忘不掉萬有引力定律，無數化學變化以及在數學的求未知數的過程中，我得到的快樂，更想到眼前的孩子們不知E. T. 是誰，連所有美國人的朋友米老鼠和唐老鴨都無緣相見，難免悵然。

當然，美國是個商業社會，阿米什人不可能眞正遠離現代科技。否則每年數百萬來蘭卡斯特呼吸新鮮空氣的旅客就會裹足不前。於是，阿米什人或是遠離市鎭，仍以農業、手工業、原始商業爲生，過全天候老式生活（Old Order Amish）。或是上班時間躋身工商業社會，與電燈、電話、電動收銀機、電腦等等「新潮」玩意兒爲伍，晚上一回家，則回到族群的生活方式。這樣新舊參半的生活形態中，阿米什人仍能找到平衡點，宗教的解說不是主因，爲了維護族群而努力才是如此生活的動力。

爲了維護這個不散的筵席而作的種種努力當中，百衲被的製作過程是一個極好的例證。

阿米什百衲被通常很大，而細緻的「衲」工又是其特色。家家有巨型木架，將半成品放置其上。鄰家婦女來訪時，大家圍住木架團團坐定，人手一針，參加了「衲」製工程。百納被十足體現了阿米什人的族群精神，是他們生活形態的美麗副產品。每個外來客在見到這種群女衲被圖時，都會得出相同的結論。

據阿米什人介紹說，只有極少美國人願意加入他們的族群，接受無電、無車、無大工業的生活方式。

但阿米什人並不灰心，他們用最具號召力的「吃」的文化，溫和地展示其生活形態的優越性。

遊客走進一個「家庭式」餐飲業的「小村」，有箭頭指引人們走進一個「餐室」（Dining Room）而非「飯館」（Restaurant），已經讓人產生「家」的感覺。

遊客按章付費——阿米什人接受現金、支票及各種主要信用卡——後即被安排在可坐十人的長餐桌前。於是，我們這個三口之家就和兩位紐約客及另一個來自威斯康辛的四口之家共進晚餐。

麵包、黃油、各式開胃菜、熱菜，包括牛排、炸雞、香腸、土豆以及飯後甜點、各式水果派、布丁等等都盛放在實惠的大盤子裡，由第一次謀面的食客們在餐桌上傳來傳去，各取所需。就在這一傳一遞中，人們聊了起來，「家」的味道就在這長餐桌上，在戴著小白帽，穿著棉布圍裙的女侍者親切的微笑裡，殷殷的勸食聲中；在滿桌極富營養，絕對高蛋白、高糖份、高熱量的傳統農家食物中間瀰漫開來，窗外的冰天雪地成了另一個世界。

阿米什人說，現代人不認識鄰居，沒有朋友，生活在高速度的競爭中面對孤寂，他們不會快樂。

阿米什人也說，雖然門諾派生活方式不是天堂，但他們夜不閉戶（只有百分之十例外），他們生活得簡單、自足而快樂。

我們的紐約客「同桌」卻說：「我在這個非常友善的地方呆了十個鐘頭，要回到又緊張又刺激的紐約去了。我非常快樂。我實在受不了沒有速度的生活。」

那位來自威斯康辛的「同桌」匆匆吃完也站起身來，要趕快開車去有電視的旅館觀賞精采的球賽。臨走，他丢下一句話：「快樂的阿米什人有一個揮之不去的恐懼，就是他們族群的解體。為了防止這個日子到來，他們不遺餘力。」

也許是吧，但為了一個傳承而活，是他們的選擇，世界本來應該是很大的，能包容多種生活方式的吧！

——一九九二年二月十九日刊於美國《世界日報》副刊——

跳蚤市場

——樂此不疲

從生機勃勃的高雄市返回美國，加州是不用說了，景氣低迷形成的重壓，一下飛機就感覺得到。

車流稀疏，城市和街道似乎籠罩在一種無能為力的寂靜中。

到了康州，友人提出的第一個邀請，竟是逛跳蚤市場。

對於東方人，尤其是近年來生活富裕的臺灣人而言，跳蚤市場，這種充斥著人家清出來的廢品的地方，不逛也罷。

我有點兒好奇，百業蕭條的今日美國，大行其道的跳蚤市場是否成了一種耐人尋味的文化現象？

我和友人去了一趟英菲爾德鎮的「蘇菲亞」跳蚤市場。這個小鎮在美國獨立戰爭期間，擁有北方最大的火藥工廠而曾經赫赫有名。現在，只是一個綠色的無聲無息的小鎮而已，坐落在北康州，快到麻州的地方。

市場外面照例有著寬闊的停車場，停的車子也很不少，比較起近在咫尺，多所店家空空蕩蕩，掛出召租或者廉售牌子的小小購物中心竟是熱鬧了許多。

長期的不景氣竟會造成如此這般的景觀嗎？心下忍不住的悲涼。

其實，好像並沒有那麼嚴重。走進跳蚤市場的美國人都是一臉的平和。失了業的人，雖然心裡很不痛快，但是忽然一下子手裡有了大把的時間。幹什麼去呢？跳蚤市場成了一種選擇，一種消費最少的選擇。

花二角五分美金得以入場的「買家」，和每天交十元美金在市場裡擺個攤位的「賣家」，彼此間有個挺大的共同點：退休也好、失業也罷，總之都是永久地或者短暫地離開了競爭激烈的就業市場，得在消費少而樂子多的地方尋求燃燒卡路里、把時間消磨掉的人。

細看之下，寬寬敞敞一個跳蚤市場內，樂子還眞不少。

瞧瞧那些疏落有致的攤位，雖然上面瓶瓶罐罐、雜七雜八，但每一件「貨物」都擦拭得乾乾淨淨、光潔耀眼。這擦抹之間，不也是一種樂趣嗎？再說，其中還夾雜著小小的手工藝品：加工過的廚房毛巾、手工縫製的椅墊、木製的玩具。製作本身，不也是樂趣嗎？

友人還告訴我，美國人閒來無事逛跳蚤市場，最常見的心理是：誰知道呢？也許今兒就撈到一件便宜貨呢！

日常用品之外，有「收藏癖」的人眞沒準兒就在市場上找到了一張絕版的老唱片，一張罕見的郵票，一個久尋不獲的火柴盒，一枝太太多年想買的銀燭臺。尋到「寶」的那份驚喜與愉悅也是可以自娛好久的呢。至於攤位上忽然出現了一樣什麼稀奇古怪的東西吸引了你散漫的視線，那幾分鐘的驚詫不也是閒談的資料嗎？

說到閒談，跳蚤市場實在是極佳場所。

市場內設置的餐飲櫃臺出售熱騰騰的咖啡、紅茶及「熱狗」。啜著咖啡，和熟人隨便聊聊，不傷心、不動肺。每週在跳蚤市場碰面，談得攏多談一會，談不投機就少講幾句。豈不是一種頂輕鬆的社交？有錢人、有名的人可沒有這麼輕鬆自在哩！這該是多好的樂子，多大的心理滿足。

除此之外，有些一貫循規蹈矩，視法令爲聖經的美國人更告訴我，跳蚤市場所經營的生意，也是一種環保措施，也是資源的回收與再利用。這話也不錯，一家視爲廢品的東西對另一家可能仍是有用之物。

沒事兒幹，閒得慌，仍能爲環保盡心出力，這種精神上的自得其樂就不是別的樂子可以比擬的啦！

更何況，在經濟上也不無好處。一位專賣各式各樣、有新有舊的玩具商多年來在跳蚤市場穩紮穩打，頗有斬獲，他說，世上只要有孩子就有玩具生意可作，經濟寬裕的，上玩具店，手頭緊的，上跳蚤市場。愛孩子的大人們是他永遠的主顧，手裡只有小小零用錢的孩子更是他的最愛。平均下來，每月也可以賺得四百來元美金外快。

外快？

是啊，拿著退休金在跳蚤市場作生意，賺來的當然是外快。這項經濟效益當然值得重視。

另外一位專賣「古董音響」的攤主告訴我，他的情形和全世界的古董商一樣，「三月不開張，開張吃三月」。有人光顧他的攤位，好。無人問津，也好。他悠閒地將老式唱片放進他的「古董音響」，古典音樂的旋律靜靜地流淌著，和今日之流行音樂產生的巨大反差使走進市場的人，無論老少，臉上浮著愉悅的笑。

這份文化上的效益更不可低估啦！

瞧，一個小小跳蚤市場竟有這麼多「效益」存在，難怪美國人樂此不疲！

——一九九三年七月五日刊於《中華日報》副刊——

噢，那濃得化不開的加勒比風情

耶誕節、新年，那一連串的長週末過去以後，待在家裡「孵豆芽」、鏟雪、靜極思動的美國北方人，就會想有什麼避寒的好去處。

波多黎各（Poerto Rico）南濱加勒比海，北臨大西洋，四季溫暖，日日可在海邊戲水。而且，很重要的，那是個多數人去得起的好地方。自然而然的，風雪會把人們趕向這個極富異國情調的自治邦。

我們一家三口就是在這麼一個寒冷的元月份，離開雪花飄飄的北維州，飛到波多黎各去找樂子的。

在聖胡安（San Juan）一下飛機，就感覺到此地的與眾不同。我想，我們是到了世界上最浪漫的海關了。

只見一位膚色黝黑，英俊、挺拔的中年男士，站在大廳入口處，揮著手，輪番用英語和西班牙語告訴大家：「持美國護照的請走右邊，別的，請走左邊。」

我先生已經很有經驗了。三本護照拿出來，也像那人一樣，揮揮手。轉眼之間，我們已經「入關」了。

好奇地看看另一邊，大廳另一頭也是笑語喧嘩，人們喜氣洋洋地踏上了這塊有趣的土地。

護照尚未打開，已經入關，這樣一個輕鬆的經驗已經讓我生出了許多好感。

其實，對波多黎各，我不能算太陌生，耳熟能詳的「西部故事」（West Side Story）一部現代版羅蜜歐、朱麗葉音樂劇多少次感動過我。不過，那個悲情故事發生在紐約，而現在我要去看一看的卻是瑪瑞亞（Maria，「西」劇女主角）生長的地方。那個到處是清脆的響指、到處是歡快的舞步的地方，我想。

住進坎達多飯店（Condado Plaza）以後的第一件事是租車子。飯店內就有一個租車部，經理是一位美國人，上了點年紀。

他含笑問我們是不是初次到聖胡安。我們點頭稱是。他告訴我們，車速最好保持在每小時十英里。千萬小心，此地人把最後一分錢都用來買漂亮的車子，再沒錢買保險，車子碰了，只要還能開，他們就繼續上路。

「所以，你們常會看到一個滿身黃鏽的怪物在路中間晃。」

看我們目瞪口呆的樣子，他笑著和我先生握手：「別擔心，本地人還是非常可愛的。」

上了車，我們小心翼翼地將車子開上路。綠燈，路上車子卻寸步不移，伸頭一望，兩輛「擦身而過」的車子正停在十字路口街心，兩位駕駛正搖下車窗，聊得高興。內容似乎是親戚的親戚、朋友的朋友的近況等等。

四面八方的車子都很耐心在等，無人按喇叭，更無人不耐煩開口叫罵。

好不容易，他們聊完了，大家才慢慢爬行。我們看到一家門庭若市的飯館，就準備緩緩靠右，去一探究竟。

猛一下，一輛車從左邊直衝過來，幾乎橫在我們前面，駕駛停車、熄火。從半敞篷的車頂上伸出一個頭髮花白的老婦人的頭，她頤指氣使地要路邊一行人到十公尺開外的一個鋪子看看，門上貼著「廉售」大字的那家店到底是什麼東西在減價?!

被派了差的行人是一位少女，她真的奔到那家店去，來去時，高跟鞋都在行人道上擊出脆響。她站在車旁邊，笑咪咪地扳著指頭向老婦人報告她的研究成果。在她面前排成了隊的車子並未對她產生任何影響。

老人非常高興，大概馬上決定去採購一番。於是就坐了下去，發動車子，對直衝上人行道，再猛一轉身，三個輪子著地，斜斜停了下來。她下得車來，鎖好車門，採購去了。我們則小心繞過那高翹著的車尾巴繼續前行。

我發現，對剛才的一幕，只有我們張口結舌，周圍人都不以為奇的樣子，想來早已司空見慣了。

好不容易在那飯館門前不遠處找到合法停車位。算算一路行來的時速，竟連八英里都不到，兩人忍不住哈哈大笑。

走進飯館時，我們已經飢腸轆轆了。然而，帶位小姐把我們往座位上一帶，放下菜單之後，就不再見有人來招呼。細看之下，服務生，無論男女都在和客人聊天，細聽之下，談話內容多是關於婚禮、訂婚禮、生日等等種類不同的慶典。菜單、客人多寡、鮮花數量、當事人衣著、首飾、髮型、收到的禮物……無不在熱切討論中。

離我們一桌之隔站著一位風度翩翩的男服務生，我們再三示意，要點菜了。他始終視而不見地和一桌客人討論某人迎娶新娘時究竟使用那種車子比較風光、比較合宜?!

我先生再也按捺不住，要他馬上過來，因為「我們的兒子餓得受不住了」。

一聽這話，他三腳兩步奔過來，拉了我們的兒子就走，直奔點心櫃臺，由孩子挑選，裝了一大盤過來，邊走邊嚷：「怎麼可以把孩子餓壞！天哪！趕快多吃一點！」

孩子坐下來大嚼，他心滿意足地回去聊天，直到那個題目塵埃落定，才來招呼我們。

從那以後，我們就學乖了，不等肚子餓，就坐進餐廳，一邊看周遭人眉飛色舞地侃大山，一邊耐下心來等服務生聊夠了順便給我們弄點吃的。至少，我們有一件事是可以放心的，孩子在波多黎各絕對餓不著。此地人不僅愛孩子而且一定要「秀」（Show）給你看！

無論男女、老人或是青年，在這裡，人人見了孩子都會行注目禮，停下來問上幾句話，笑容滿面地拉拉孩子的小手或小腳（如果孩子還在嬰兒車中）。

我們的兒子在維州是個滿受歡迎的孩子，在波多黎各簡直成了人見人愛的小王子，連在街頭熱吻中的青年男女，也會用眼睛的餘光瞥到他，然後停下「嘴」來，向他揮揮手。眞是奇蹟！

聖胡安的夜是非常美的，坐在飯店的陽臺上，大西洋的波濤輕撫著腳下的堤岸，若有若無的，加勒比風味的歌聲與樂聲飄蕩在遠處的什麼地方。

小王子睡熟了，我們忍不住這夜的吸引，出去散散步。

飯店一側有座橋，將一個小小海灣攬在懷裡，我們決定走過橋，看看海，然後走回來，飯店近在咫尺，房間的燈光非常明亮，應該不算是離開孩子太遠。

石欄，水泥橋面，一座樸素的橋。橋欄旁，對對情侶你儂我儂，講不完的情話。一張張俊美的臉在朦朧中神采飛揚。

忽然，不知爲了什麼，一個女孩向她的男友尖叫起來，她弓起身子，提著裙子，滿頭波浪形的棕黑長髮晃動中，無數詞語像豆子滾落一般從她雪白的牙齒縫裡迸了出來。她的男友兩手扠腰，牛仔褲勾勒出他健美的身材。他也在說什麼，聲音低沉有力，兩道濃眉緊鎖，一臉烏雲。

按著忐忑不安的心，我們悄悄走過。

海在前面輕輕拍打著，翻捲起的白色泡沫像一道美麗的花邊，安祥地挽住這美麗的小島。不遠處的人聲完全聽不見了。

往回走的時候，在橋上，我忍不住看向那爭吵的男女。此刻他們緊緊相擁。

「是他們嗎？」我先生狐疑地問。

「不會錯啦！那女孩的黑髮、紅裙，男孩的牛仔褲都令人印象深刻。」我欣慰地答。

兩人手拉手，走向飯店，那燈光明亮處，我們的小兒子睡得正酣。

去一個濱海城市，除了泡海水，在街上走走，買幾件本地特產之外，最有興趣的，當然是要看看這個地方有沒有什麼古蹟可尋？

飯店提供了最完善的服務，大型遊覽車把我們帶到了聖胡安老城。城堡、頂臺的大炮、監獄堅固的石牆和沉重的鐵鏈，在在向今人顯示了西班牙人十六世紀以來的驕橫。當然，有壓迫自然有反抗，波多黎各抵抗西班牙的英雄們被囚禁的地牢至今仍是旅遊者們必到之處。笑口常開的導遊在地牢邊收斂了笑容，肅穆而端莊。—站著死的英雄們爲波多黎各贏得的尊嚴，使得走在磚道上的人們從另一個角度看這些膚色黝黑的美麗男女。

然而三百多年的統治，留下的痕跡是太過深刻了。官方語文至今仍是西班牙文與英文並存。歐洲的血統更是在今天波多黎各青年男女的身材與容貌上留下印記。聖胡安老城的建築格調，更醒目地表現出一個西班牙小城的風韻。

我們漫步在拱門和尖頂之間，徜徉在門面很小、內容幽深的店鋪裡，和氣生財的業主和客人們天南地北地聊著。客人手裡拿著幾件風格獨特的銀飾，自覺帶走了些許波多黎各風情。

放走了遊覽車，我們安步當車，準備走累了再叫部計程車回飯店。

正在閒逛著，忽然見到了許多驚慌的遊客，他們用各種語言叫嚷著，原來，這一天自十二點起至下午四點鐘止，聖胡安的計程車工會總罷工，目的只有一個——要求增加收入。也就是減少向租車行繳納的租車費，當然還有健康、意外各種保險方面的意見與要求等等。店鋪內，街道上擠滿了眉頭深鎖或者暴跳如雷的遊客，他們拖著旅行箱，揮舞著飛機票，一籌莫展。

本地人，打扮得花枝招展，吃著零食，狀甚愉快地站在一邊觀望。

大批的計程車停在停車場，路邊上，駕駛先生們笑逐顏開地和本地人閒聊，甚至狀甚親切地向遊客表示著同情。

走也走累了，又是有「店」歸不得，索性坐下來，喝瓶汽水再說。

按著馬列主義的理論，罷工應當是殘酷的階級鬥爭，該是你死我活，無比慘烈的。然而，我看到的卻是另一番景象，一種嘉年華式的「抗爭」。而且絕沒有「不達目的、誓不罷休」的英勇氣概。店老闆告訴我們，四點一到，計程車全部開動，其場面極可觀，「比放焰火還要有趣」，他如是說。我請教此番罷工能否達到預期的目標呢？他坦率告訴我，車行主人與工會之間的談判、妥協、拉鋸戰等等總會達成什麼協議的。「計程車司機總不會吃虧就是啦！」他好心回答我，最後他表示，四個小時的罷工把遊客困在商圈裡，對店鋪的生意大有好處，他對駕駛先生的「義舉」，表示衷心的感激。我笑得喘不過氣來。

正樂著，街上一陣歡呼，人人往前擁，希望一探究竟。

只見歡呼聲中，一輛計程車飛馳到一批遊客面前，帶走了三位急著趕飛機的客人。按照階級鬥爭的學說，此人該被戴上破壞工人運動的「工賊」帽子被打倒在地了。當時，卻是完全另一番景象，計程車駕駛們哈哈笑著、罵道：「你個投機取巧的臭小子……」之類的。

那開著車的小夥子從車窗裡伸出頭來又笑又嚷。店老闆說：「他是急遊客之急……」話未講完，胖乎乎的店老闆笑得眼淚都流下來了。

亂過一陣，笑過一回之後，街上多少恢復了平靜。

鄰桌上來了一家人，親切的國語馬上把兩張餐桌連了起來。

那是一對在紐約開餐館的中年夫婦，和他們已經唸中學的一子一女。

這對夫婦十年前自臺北去紐約創業，「最近兩年才輕鬆一點，有機會出門走一走。」那位太太很和氣地告訴我們。

餐館業的辛勞我們能體會，看到他們終於熬到事業有成，很替他們高興。

兩夫婦甚至和我們談到來聖胡安開個中國飯店的構想。他們看中了此地的生活指數遠低於紐約，餐飲業的服務乏善可陳，而此地又遠較紐約有人情味……

那兩個孩子馬上大聲抗議，在這裡住了三天已經「夠極了」，這裡沒有速度、沒有效率，「人根本不懂時間是什麼東西！」「瞧他們開車吧！」他們隨手一指，人行道上到處是半輛車懸空的怪樣子，「紐約再擠，人也不會把車開上人行道！」……

我們和他們的父母相視而笑。知道他們來這裡開店的計畫已然落空，樂得換個輕鬆的題目談談。

不久，四點鐘到了，街上歡聲雷動，浩浩蕩蕩的計程車隊凱旋般地馳返聖胡安，我們也樂哈哈地參加了這個儀式。

又笑又鬧地離開了波多黎各的五彩繽紛，回到了春寒中的北維州。

「快開電視！颶風襲擊聖胡安！」我先生三腳兩步奔進來直撲電視機。

畫面上一片狼藉。幾天以前我們還坐在那兒的露天咖啡座已蕩然無存；大樹被連根拔起；路面被滾石、巨樹破壞；被擠壓不成形的汽車觸目皆是。樓倒屋塌的民居尤令人心酸。

電視記者卻含著微笑告訴大家：面對風災，聖胡安的居民並不驚慌，傷亡也極小，至於物質損失，大批救災物資和款項正由美國本土源源運到……

畫面上出現了笑咪咪的波多黎各人，男女老少正齊心合力把破損的舊家園扔上卡車，摩拳擦掌地準備蓋新房子了。自美西戰爭結束以來，近一個世紀的時光裡，作爲美國的一個自治邦，雖然「內政自理」、「外交、軍事交美國處理」，災禍臨頭的時候，卻是受到特別的關注與支持的。

下次再去，風災過後的聖胡安，想必還是歡聲笑語隨處可聞，彈著響指，踏著舞步的青年男女隨處可見，只是蓋了許多新房子之後，看上去更加鮮豔、更加搶眼了吧！

——一九九三年十一月二日刊於《中華日報》副刊——

第三輯

情到深處

四合院及其他

「Circa 一四九二」從全世界搜羅了大量藝術品，將哥倫布發現新大陸時期的世界展示給現代人。數十萬觀眾在華盛頓參觀過展覽會之後，不約而同地都會想到，五百年前，整個世界文明似乎只集中在兩地，歐洲和中國。達・芬奇與米開朗基羅，唐寅與沈周，美輪美奐的油畫和中國文人畫，交相輝映。神奇的雕塑和明代青花隔著千山萬水，遙相呼應著。人類文明的輝煌啊！人們感嘆著。

今日之中國呢？

華盛頓，有著不少對中國有感情的人，有研究的人，也有著一些對中國有了解的人。這些了解，多半不是來自書本。書本裡，關於現代中國，多的是不切實際的幻想、浪漫、甚或傳奇。而真正的了解，是需要在那塊土地上住一住，看一看，聽一聽，才有可能達到的。

一九八三年，我重回北京，我的先生則是第一次被派駐北京工作。多年來，他研究國際關係和歷史。對中國，理論上的知識是很不少了。到了北京的頭一個禮拜，我問他，最想看什麼。

「四合院。」他回答。

經過了卅四年的折騰，北京的四合院還能看嗎？我懷疑。他告訴我，聽說建國門立交橋西北側，就有一個四合院，還是「市級文物保護單位」哩，在一條小胡同裡。行。有地址就好辦，反正不遠，走著就到。

門口眞的掛著牌子，確是市級保護單位。也確實寫著「四合院」。大門虛掩著，油漆剝落。沒有門鈴，門上銅扣之類也早已踪影不見。門內不時傳出機器的轟鳴。我滿腹狐疑，試著推門。大門一下子蕩了開去。鋪天蓋地的，是麻繩和麻袋，堆積如山，四合院的規模根本無從知曉。滿眼的棕黃後面，房子在哪裡也弄不清，更不知該往哪兒下腳。

看起來，這大概是個街道廠子。

「沒什麼可看的啦。」

麻袋山中，忽然地走出一個人來，挺熱的天，還戴頂藍制帽。他伸出雙手，像趕鷄似的往外「攆」我們。

「這兒不是『四合院』嗎？」一邊忙著退出來，一邊不甘心地問了這麼一句。

「改麻袋廠啦。」這人也好脾氣，一邊繼續朝外「攆」我們，一邊還是作了回答。

我先生待我把大門帶上以後，站在那塊「四合院・市級文物保護單位」的木牌前，半天沒有動。

內容與形式的對立，給他上了第一課。

在路上，我建議去看看我曾經住過十一年的地方：「那曾經是一個眞正的四合院，是一個舊王府的一部分。五十年代和六十年代初的房客們在文革中早已被趕盡殺絕。一九七六年唐山地震以後大蓋防震棚的洗禮，使這個四合院更加面目全非。不過呢，我畢竟看到過它從前的樣子，也許可以找到些蛛絲馬跡，供我們憑弔一番。」

他二話不說，跟著我就走。

只有房脊，房頂上的瓦片兒，那些人手搆不著的地方，仍舊令人聯想到當年這座院落的氣勢。從屋檐以下，所有的廊、柱、窗櫺、門楣都被大小叫不出名堂的包裹、廢舊物品以及灰塵遮蓋住了。看不出原來的形狀和顏色。

四方天井被若干「防震棚」分隔開來，人只能從一個個用各種材料搭成的小建築物之間側身擠過。這些當年用以「防震」的建築物如今多數成了正式的小廚房，甚至成了一些找不到住處的青年夫婦的棲身之所。不到一尺見方的小窗上那個已經褪了色的紅「囍」字，道出了眞實。

四合院原有的優閒、靜謐、溫馨早已成爲歷史。我們看到的不過是一個人們求生存的基本空間，而且已被利用到極限。

北房的門外，不知繫於何處的曬衣繩上，一條泛了白的毛毯吸住了我的視線。毛毯是藍色的，很柔和的那一種藍。毛毯周遭塵土飛揚，後面有人在抽打它，發出啪啪的脆響。隨著聲音的起伏，一閃一閃地看到毛毯後面那根時時揚起的鷄毛撣子。煙塵迷漫，煙灰黃黃，那是北京最有名的黃土，無處不在，飛飛揚揚。

「嘿！我說，您慢點兒成不成？這兒正作飯呢！您弄得暴土狼煙的，我這麵片兒還吃不吃啦?!」

一個年輕的男人的聲音從我們身邊的一個小棚內發出。那個小棚沒有二米高。看起來是那種放一個煤氣爐子，一塊案板，一個小碗櫃，再站一個人就滿滿當當的小廚房。

「得啦！湊和吃吧。住北京，還想沒有土！」毛毯背後那個沙啞的女聲也挺厲害。鷄毛撣子照樣撣得有勁。

廚房裡的人接著挺花俏地回敬過去。你來我往，詞兒也越來越不客氣，終於由互相埋怨演變成罵街。

我先生有點耐不住了。我卻沒有走的念頭。

「那條毛毯，原來是我父親的。」

他差一點從站立的臺階上掉下去。

「那個角，還是我念高中的時候開了線。住校，找不著藍線，拿黑線縫的，縫得可眞結實。這會兒還在。」

他的眼睛裡滿是疑問。他的教養又不允許他說出「不信」的話。

我看他一眼：「你走過去看看，在那個黑線縫過的角上，背面，有三個字母W・A・H，是藍色絲線繡的，非常結實……」

鷄毛撣子已然不見。我先生三步兩步走過去，掀起那毛毯的一角，看了一眼就大步流星地回來了，六呎多高的男子漢，眼裡淚光閃閃。

「怎麼會？」他問。

「造反派都是先把抄家物資送委託行。賣不掉的，過了一年半載又運了回來。在院兒裡擺上地攤兒賣。但凡是紅五類，都可以買。我親眼看著新搬進來的這家人家的女人花了一元錢買回去的。」我平平靜靜。

「走吧。」他說。

「嘿！慢回身兒！留神別燙著！」那個剛才和北屋女人打嘴仗的男人正端著鍋，吆喝著往西屋的一個門口兒走。門上掛著個竹簾子。一隻手由屋裡伸出來，掀著簾子，讓那人端鍋進門。

「又翻什麼哪？屋裡這亂！」那男人嗓門兒眞大。

「你媽說的，破家値萬貫。不翻成嗎？」一個女聲，又細又尖。

「買幾尺織錦緞，花不了幾塊錢。這老東西不定哪兒來的呢，擱門外邊兒去吧！」

門簾一掀，一件黑地白花織錦緞小棉襖一下子甩了出來，落在門外邊兒曬衣繩上。

錯不了，正是那件外婆用她的夾旗袍絮上一層薄薄的棉花，給我改作的那件小棉襖。

「那件衣裳便宜，造反派只賣得八角錢。」我絮絮叨叨的：

「毛毯上還有 Made in U.S.A.，實在沒法子帶走，只好留在北京，外婆家抄家，封門，東西就回不來了……

「織錦緞也是萬般無奈才改了小棉襖。一人一年才那麼點布票，作了單的，就沒了棉的。高中住校，小棉襖外面加件舊罩衫，還能湊和。發配外地，不敢帶，只好留下，抄家，封門，東西就回不來了……」

我絮絮叨叨，好像東西被抄被賣是東西自己的錯兒，或是我們的錯兒……

「他們抄走了你的棉襖，你冬天穿什麼?!」我先生嗓門兒也挺大，衝著我喊。

我們走了。

「也許，我們能找著一個比較好看的四合院。」我對他說，帶著挺大的歉意。

「像頤和園的長廊似的，漆著花紅柳綠的？不看也罷。起碼我看到了兩個眞正的四合院。」他回答說。

在北京一住三年，我們再沒興過去看任何一個四合院的念頭。至於我們已經去過的那兩個，更是一步也不想再進去。有時候，走到近處了，趕緊換個方向，還要走快點。

日子過得快，一晃八年過去了。

一天，在家裡看朋友送來的大陸電視連續劇「渴望」。屏幕上，教授夫人在貼滿了封條的「家」裡轉來轉去，想從未被查封的傢什中找出點什麼需用的東西。

我先生的煙斗一直握在掌中。

我想起了父親的毛毯，耳邊響著噼噼啪啪的抽打聲。眼睛又酸又脹，苦澀苦澀的。

「我總記著那件薄薄的小棉襖。老在想，他們把它抄走了。你怎麼過冬？」我先生說。

我被問住了。千言萬語匯不成一個準確的句子。「湊和吧。」我這麼說。

——一九九二年二月十三日刊於《中央日報》副刊——

愛用國貨

赴遠東之前，先把家中所需各項設備清點一番，大型設備如洗衣機、烘乾機、冰箱、爐具之類，無須操心。美國聯邦政府是愛用國貨的模範，駐外使領館所用大型電器均爲美國通用公司產品。連木器家具、沙發床櫃等也是全部美式裝備。我們要作的，只是把豐田車賣掉，購進一部福特。此外，收錄音機、錄影機、照相機、電視一行小家電，則將手邊日貨全部請進倉庫，買些美國土產就大功告成了。

這一番忙碌不爲別的，只因當時住在北京的外祖母是一位自「九一八」事變以來自覺抵制日貨已達半個世紀之久的愛國者。我們住在外交公寓，當然要請老人家過來坐坐。滿室日貨豈不令老人家寒心？再說，接送之際，如若老人不肯坐進日本車，那多尷尬？所以，未動身之前細心檢點，將日貨一律堅壁清野，是一項非常必要的手續。固然福特較豐田長、大得多，在北京穿街走巷可能有所不便也顧不得了。

更棒的是，去北京之前，我們尚有一年在臺北逗留。於是帶給老人的各式禮物包括家用電器在內，雖然標有 Made in Taiwan 的英文標識，卻是道地國貨。老人家一一仔細看過，非常歡喜，連連點頭：「好，好，還是國貨好。」

在北京的頭一年，女兒就讀國際學校，常在週末提議開車陪太婆出去逛逛。

老人家坐在前座，從車窗內看出去，臉上表情平平靜靜，她不喜多言，只是默默瞧著。車子停在東單十字路口，巨幅的松下電器廣告立在馬路北側，從車裡看出去，竟是頂天立地，擋住了一切。

老人家瞥了一眼，自然而然將視線移了開去，向南邊一瞧，更不得了，「鈴木摩托車」似乎撲面而來，其廣告牌之高大，措詞之霸氣更為驚人。老人於是目視前方，正襟危坐。好不容易等到街心交通警揮手示意通過，我先生猛踩油門，福特一馬當先，殺出日貨的夾擊，對著長安街直衝下去，老人才輕輕吐出一口氣。

「臺灣電器我看到了，也用過了。好。臺灣也有國產摩托車吧？」老人問。

「有。我們在臺北叫機車。」女兒馬上回答，還繪聲繪影向老人介紹臺北美國學校的學生們駕機車郊遊的精采情節。聽到此，老人終於面露微笑。

可惜好景不常。國際學校只開設到八年級，女兒爲完成中學教育必得和其他西方人士子女一道「東渡日本」去神戶一家私立國際學校就讀。

身居日本，「抵制日貨」豈不成了泡影？

女兒去向太婆辭行時，這位早年的帝國大學留學生卻告訴女兒：「用此機會，學習日語，研究日本民俗，也是好事。」

至於她老人家陪同我外祖父早年留學的經驗，她卻以「一言難盡」給推掉了，不肯多談，只再三囑女兒「自愛自重」而已。

我們當然是一萬個放心不下，夫妻倆把女兒一直送到神戶。那是我第一次到日本，看到滿街爭相鞠躬的男男女女，相當好奇。我們又不懂一句日語，只好滿口英文地解決民生和交通問題。幸好隨處可遇見略知英語的日人，再加上日文中夾帶的大量中國方塊字也使我得以連比帶劃地達成問路、點菜的目的。總之，一路順風，通行無阻地抵達位於神戶近郊的國際學校。

校長和教務主任都是來自美國東部的資深教育家。見面一談，三、五分鐘之內已是相當投契，我們也就稍稍心安。女兒長髮飄飄地剛在校園內出現，馬上有金髮碧眼的美少年走上前來自願充當導遊，領著她去「熟悉環境」了。一問之下，該校學生來自世界各地，以英語國家爲主，也有不少歐洲人，剛才前來效勞的小男生就是一位義大利商人之子，「他從幼兒園時代即在本校就讀，熱情幫助新生是他自領的職責。」教務主任滿臉慈和地如是說。

一個學期下來，女兒帶回了滿紙都是A的成績單。外語項，赫然是日文。爲了驗證此一成就，陪她去探望她太婆。一進門，她竟行鞠躬禮，滿口日語，雙手向老人捧上一精美小盒。我心裡卻七上八下，不知老人對那「日貨」作何感想。誰知老人笑笑接過，竟答以日語，並轉頭告訴我，女兒所學中規中矩，想必是好的。

盒子打開，是一件日本紙藝。外婆笑說：「日人民俗文化有所發揚，該說是好事。」

我們八四年那一次日本之旅畢竟太短，大阪、神戶一行滿打滿算未超過一週，見到的又都是謙恭的笑臉。

我外婆問她：「日人待你如何？」

「還好。」女兒回答，「如果有什麼不好，我自會討回公道。」

老人不再問，只囑我放心就是。

第二學期結束，女兒回家度春假，成績單一打開，出現了一個B，列在日文名下。

日文本是一門不易掌握的語文，女兒中英文甚佳，日文作爲外語，得個B，亦無可厚非，我沒說什麼。

「在日文課，老師問及每個學生的文化背景。也就是除了英文之外，還熟悉什麼語言、文化？」女兒講給我聽，「當我告訴老師，我懂中文，會說，會讀，會寫以後，日文老師就不再對我微笑，成績也只有B。」

心裡一驚，馬上轉念頭，是不是要打電話去神戶，女兒畢竟年幼，只是中學生而已。誰知她說：「妳不必擔心，我會想辦法。我跟太婆說過，我會討回公道。」

一個月後，夜深人靜之際，電話鈴聲驟然響起，遠在神戶的校長大人親自透過電話向我詳述了女兒給日文老師「一個教訓」的情形。

透過他的描述，我確切地聽準他使用了「teach her a lesson」這樣一個詞組。

事情起因於女兒和同宿舍的安妮在考試中均有一個極小錯，安妮仍得A，女兒卻得B。於是女兒在課堂上公開發難，向這位日本女老師要求公平對待。

那位女老師竟在講臺上當眾語含譏刺地告訴女兒，「你得到B，已經不錯了。」

女兒於是憤怒地向她指出：「你的父祖輩對中國、對中國的百姓犯下無數罪行，你不思悔過，卻在這裡歧視有中國文化背景的學生。你應當爲你的行爲感到羞恥。」

那老師竟反唇相譏，「你小小年紀，懂得什麼?!有什麼資格在這裡胡言亂語?!」

女兒義正辭嚴回答：「我年紀小，沒有誕生在日本侵略者蹂躪中國的日子。可是我的曾外祖母的家園卻毀於侵略者的炮火，她還健在，她是千千萬萬目擊者之一，她親眼看到日本軍人對我們同胞的殺戮。」

我打斷校長：「她眞的用了 invader 這個字？」

「當然，我親耳聽到。」校長證實。

當時的課堂，群情沸騰，不僅來自英國的安妮小姐站在女兒一邊，而且學生們都在敲桌子，拍椅子，大聲叫喊，爲女兒助威。

老師慌了，口不擇言：「當年，進入別國的也不只是日本……」

這一下，更不得了，一位德國外交官的公子站了出來：「我們爲老一輩的罪行悔過，我們願爲一切受到納粹殘害的人們做我們所能做的一切！」

滿堂呼嘯，幾乎頂翻了天花板，那老師無地自容，在學生們的噓聲裡掩面而逃，和站在門外的校長大人撞個正著。

「我都聽到了。」校長走進了課室，「我不能允許在校園內出現任何歧視和不平等現象。」他的聲音被學生的掌聲淹沒。

校長先生說：「夫人，您的女兒對她的文化和民族情操充滿自信，這使她贏了這個回合，也使她贏得尊敬，我很爲她驕傲。我還想印證一件事，您的女兒眞有一位親眼目睹日軍暴行的曾外祖母嗎？」

「是的，校長先生，老人家仍然健在。」我回答。

「請代我向這位可敬的老人致意。」校長先生結束了這通電話。

在老人面前，我卻沒有提女兒的事。我們都知道，某些日人的傲慢無禮，不僅基於對歷史的不承認主義，也是對今日中國現實的輕蔑和侮慢。對那些由軍事動物演變而成的經濟動物而言，當今世界，哪個國家哪個民族是值得尊重的？對西方，還有表面的謙恭。而對中國，中國人，則連這點表面功夫也不必作了。

時間過得眞快，一晃六、七年。女兒早已不是那個滿臉稚氣的中學生，現在她已進入國際貿易界，在新加坡獨當一面了。歲末，女兒回美探親，大家舊事重提，女兒表示，少年時代的一段經歷，並沒有使她產生偏見。在商言商，生意總是要做的。不過，某些日商張牙舞爪，做買賣竟變成了表面施惠，實際上卻是刼掠。

「對這樣子的商人，無論他們怎樣財大氣粗，我還是不願問津。」女兒笑說。

——一九九一年五月廿八日刊於美國《世界日報》副刊——

鄉音難覓

走在曼哈頓第五大道上，您就聽吧，來自世界各地的語音在這裡匯成別具一格的聲浪。那怕是斯瓦西里語呢，也聽得著。更不用說日文、西班牙文、法文之類了。在世界上橫衝直撞，多麼霸氣的英文，在這裡也有所收斂。精品店的經理先生，服務小姐，更不敢對不通英文的顧客眉高眼低。誰知道呢，一位木頭木腦的客人沒準兒是腰纏萬貫，出手豪闊的石油大亨，也未可知。

當然，在這條大道上，有的是說中文的人，不過，即使在這裡，也很少有機會一償我渴念鄉音的心願。正宗北平口音即使在宛若國際機場的大都會也是極難聽到的。

人，眞是不容易滿足的。孩提時代所熟悉的飲食習慣不容易改變。常聽說，「我在美國住了這麼些年，還是一個中國胃。」這好說，有人的地方，就有中國美食。可是孩提時代就熟悉的語音環境，文化氛圍呢？讀書是解鄉愁的好法子。捧著唐魯孫先生的《故園情》，或者鄧友梅的京味小說《那五》，眼睛和心靈都得到了滋潤，耳朵還是不肯答應。為了這個緣故，每到人群中，一聽有人說中文，馬上興奮莫名。交換的名片上，瞧見有「京生」兩字，趕快趨前詢問：「府上是？」

「南京。」

人家挺客氣。

南京人氏，「京生」是無疑啦。朋友倒是交下了，對鄉音的渴望只得暫時深埋心底，再找機會啦。

隨著日月流逝，每次外出，也就不再存任何奢望。

四年前的一個春日，在曼哈頓上東城列興頓大道中國新聞文化中心，展出華裔女畫家盧曾富美的畫作。

作夢也沒想到，一進展覽大廳就聽到了一口純正的北平話。一個非常悅耳的女聲。機會難得，趕快從人縫兒裡擠將過去。只看背影，已是非常的悅目了，烏髮之下，中國紅的套裝，高雅大方。這位女士正和一位紳士在談話，說到畫展，也說到他們共同的朋友。

佯作看畫，實則洗耳恭聽。談話內容未曾引起很大注意，只是那珠圓玉潤的鄉音，令人陶醉。

一邊陶醉在鄉音裡，一邊在心裡向畫家告罪。「鄉音難覓，過了這一時三刻，我再來好好欣賞畫作。」

正迷糊著，那位女士轉過身來，笑盈盈地瞧了我一眼，點了頭，以示問好。隨後對那位紳士說：「瞧，緊著在這兒說話兒，樓上的畫兒還沒看呢。您上去了沒？」

那位紳士一開口，卻是道地南方口音，「我上去過了。你請。」看她快要動身，我趕緊開口：「在這兒等了一會兒，就想跟您說句話兒。」

話音兒沒落地，那位女士眼睛一亮：「嗬！這可是難得正宗京片子，您這是打哪兒來呀？」

得，這下子可好，兩人趕緊找個座位坐下，聊了個不亦樂乎。她，就是著名國畫家王令聞女士。

日子一晃，過了好幾年，我也早就離開了紐約。每次和令聞大姐通電話，都成了莫大的享受。兩地長途電話線上更不知留下了多少親切，熱絡，唯我們特有的語彙和音調。

今年十月，去加州開會，與會女作家談得熱鬧，正在非常開心之際，忽然聞得一聲：「老鄉見老鄉，兩眼淚汪汪。」

原來是郎雲大姐，在美國住了幾十年，口音半點兒沒變不說，連老北平人的那股子豪俠勁兒也是一點兒沒變。瞧著我們倆你一句我一句的，簡直得有點兒說相聲的味兒，大家夥兒都笑。

「在你們那兒，你大概了不得只能說說單口相聲兒，我給你介紹倆朋友，他們叫大、小金魚兒……」一聽這雅號，就知必是老北平無疑。不過呢，過不了幾個月，我們又得離開華盛頓了，好不容易得個能說相聲兒的聊天兒對手，又得分手，心下不免悵然。

回到家，正在若有所失的當兒。翻開《世界日報》，看到一家新的中國超級市場在北維州近期開張的消息。也眞巧，地址就在一家保齡球場隔壁。那個地方，我每週得去兩次，打完了球，就跑去一探究竟。

這個地區多白人。平常在購物中心，也見得到中國人，不多就是了。有幾家東方食品店，不是韓國人開的，就是越南華僑辦的。這回，有了一家正宗中國市場，當然興趣盎然。市場還在裝修，倉庫裡卻是人頭洶湧，笑語喧嘩。眞妙，忽然一下子，從天上掉下來這麼些中國人！三腳兩步奔進去，加入了「翻箱倒櫃」的行列。

忽然之間，遠遠的另一頭傳來一聲：「這甜麵醬就剩一罐兒啦?!」腿腳跟著耳朵跑，眞正是「身不由己」。

定睛一看，老太太身板兒筆挺，富富泰泰的臉上滿是笑，正遠遠地和忙得頭昏眼花的服務小姐打商量呢。

「那邊架子上有，等一下，我去拿。」小姐遠遠答應著。

果不其然，老人家身後高高的貨架上有一箱「甜麵醬」，架子旁邊一架梯子搭在那兒。

「您甭著急，我幫您拿。」我一邊兒嚷嚷，一邊往梯子上邁腿。

「那敢情好，姑娘，您可慢著，別閃嘍！」老太太一邊兒樂，一邊兒直勁兒囑咐我。

天哪！快卅年了吧？沒聽見過這個稱呼了。

我把甜麵醬遞到老人家手裡，倆人你瞧我，我瞧你。老人一邊兒抹著笑出來的淚花兒，一邊兒騰出一隻手拉著我：

「多少年了，沒聽見這麼脆生的北平話了……」

邊說邊笑。

我也笑，笑得淚水都淌下來了，也顧不得去擦。

——一九九一年十二月十四日刊於美國《世界日報》副刊——

重逢

總覺得不可能是初次見面，一切都是那麼熟悉而自然。

佩霞和她的先生、女兒出現在凌晨的臺北街頭的那一瞬間，我想也沒想，就大步迎了過去。不是她和她的家人，會是誰呢？

人人都說，現代社會太過忙碌與緊張，人人也都有一張無法更動的時間表。更有人說，在美國，人人被縛在汽車輪上飛轉，幾乎沒有了個人的時間。

我卻不肯輕易放棄個人時間裡最重要的一件事，寫信。寫給朋友，寫給編者，寫給讀者。

佩霞寄到編輯部去的第一封信，就深深打動了編者。她的信充滿了對一個小說人物的關切。而那關切令編者在最短的時間內將她的信轉給了我。

捧讀佩霞的信，心情沉重，她關切的那小說人物的原型早已不在人間。然而，信的字裡行間，不僅僅是關切，是摯愛，更有一份堅強在。對著這封信，最誠實的態度只有坦承相告。

她住西岸，我住東岸。電話打過去，聽到的是一個悅耳的帶一點南方口音的國語。不知不覺間，話題由小說人物而彼此的情形，談話由小說而現實，頓時親近了許多。

電話談不透的，借用了筆墨。兩三個月之後，佩霞的信已經有了厚厚的一打，於是檔案夾裡多了她的名字。一封封來信夾進去的時候，再一次展開來讀，一位多麼善於體恤別人的女性。她關愛的對象，不只是丈夫、子女、家人、朋友，還有朋友的朋友；甚至在報上見到的一個有待援助的名字；甚至一個小說中的人物。

她有多少精力與時間，關心如許多人？

人活著，不是該作一點有益於人的事嗎？她在電話裡笑著說。

且慢，她也只有血肉之軀，她不需要愛護與支持嗎？

當然需要。但是得來並不難吧？親情，友情，甚至小說人物的一段經歷所帶給人的不是愛護，不是支持，不是啓迪嗎？她在信中平平實實地寫道。

現在，她站在面前一如我在電話中，信中所「見」：一位美麗而樸實，熱情而周到的女性。她在飛機上看到了臺北報紙的報導，寫信給籌備活動的編輯部，再一次感動了編者，而終於得以在兩次長途旅行之間，尋獲這樣一次見面的機會。

是初見抑或重逢？事實上是初見，感覺卻是老友重逢。無須多語，跟著她走，我知道，她將給我看的，是最美，最眞實的臺灣，她永遠眷戀的家鄉。

——一九九二年十月刊於《幼獅文藝》——

男兒有淚不輕彈

夫妻相處近十一年，親密無間。偶爾，一個異乎尋常的表現更加令人震顫。

早在我們相識的初期，兩人都很明白，今生今世，中國將是兩人討論，研究，緬懷的永不枯竭的課題。

一九八三年至一九八六年，我隨另一半，重返那塊令人百感交集的土地。我的遠親、朋友、同事、熟人見到了我們，就像溢洪道打開了閘門，他們這些年來的苦水傾瀉而出，爲我跟他所談過的一切作了最有力的詮釋與證明。他和其他美國人一樣，抱持了許多年的對中國大陸的憧憬在這狂濤巨浪的衝激下變得成熟、實際而具體。

雖然那個時候，美中關係堪稱良好，他始終冷靜、客觀而公正，原因即在此。

然而，人非草木，數量如此巨大的悲劇故事忽然從天而降，而且這些悲劇故事無時無刻不在提醒他，這一切都曾和他的妻子，他最親的親人的生活緊密相連，甚至可能是她生活和命運中所承受過的部分。他所感受到的苦味，實在是不難想像的。

但是，我從未想到過，無數悲劇中，是哪一齣最能感動他，最有震撼力。

元月十一日，我們應故宮博物院秦院長之邀北上訪問故宮，我在那裡有一個「從《折射》談中國」的小小演講，之後，他將爲這本書作一點詮釋。秦院長說得好：「這本書是由你們對談而成的，書雖然寫成了，一定尚有許多詮釋沒有寫進去。」

十日深夜，我們兩人數次驚醒，我問他：「你緊張嗎？」

「不是緊張，是有些東西攪得我睡不成覺。」

他一向沉穩，一向有辦法，什麼事會讓他這樣不安？

我的生活中，故事太多了，「一千零一夜」，還是講不完，哪件事，令他如此心動？

十一日，他走上講臺，揭開了謎底。

令人難以置信的，好幾次，他沒有辦法控制情緒，他在臺上哽咽不能成聲；我在臺下，心痛得手腳冰涼。

他講了一個故事，一個多年來他無法忘懷的故事，一個想起來就要哭，談起來不能不落淚的故事：

一位在四、五十年代「認識」並開始追隨共產黨的文化人，亦步亦趨地走到了一九五七年。

在「大鳴大放」的日子裡，他的親兄弟沒有「鳴」，也沒有「放」，只是在他家喝了兩盅之後，流露出一點對共產黨的小小批評，而且馬上警覺，閉口不再多說。隨著而來的「反右」運動中，這位文化人將自己親兄弟酒後的幾句話匯報了上去。

兄弟死在勞改營中，弟媳悄然離去，侄子侄女到處流浪，在陰影中自生自滅。

文革初起，這位文化人的好友，大學時代的同學，曾對文革中的種種倒行逆施表達了他的一點「不理解」。

這位文化人又把友人的「不理解」匯報上去。友人家破人亡的悲慘結局不言自明。

這位文化人跟著共產黨走，一次又一次毀了親人，毀了朋友。

現在他老了，多年來無聲無息的良心復活了。他的良心無日無夜不在鞭笞他，他活在妻子與兒子的輕蔑裡，他活在侄子侄女的仇恨中，他活在友人之子的鄙視下，他還活著嗎？他的靈魂早就下了地獄，只剩一副軀殼在等著死神的召喚。

我先生清楚地知道，他的妻子曾一再地被人誣陷過，由於別人的出賣而吃過不知多少苦。然而被誣陷者，被迫害者，內心卻是平靜的。

一個人，本來不應該成爲猶大的，但是一個政黨，一種制度爲了維護其統治而把人變成了猶大，變成了殺人犯。

人的淪喪使我的先生夜不能寐。

人的心靈的蒙蔽使他痛心。

人性的扭曲使他下淚。

結婚十一年，頭一次，在大庭廣眾面前，我看到了他悲憫的情懷，看到了他對人，對人類的殷殷深情。

——一九九三年二月一日刊於《中華日報》副刊——

致一位同齡人

大雨從半夜下到現在，耳邊只聽到嘩嘩的雨聲，老天把憤怒潑向人間，沖刷著，沖刷著。

在地球的另一邊，在我們住過，你的妻子、兒女仍然住著的城市裡，也下雨嗎？也許不，也許只有太陽，憤怒地把血跡展示給世人。在那腥紅裡，有你的血，我的同齡人。

六月四日凌晨的消息傳來，在我眾多的友人中，我首先想到你，我知道，你會和年輕人站在一起。你一直和他們站在一起，在危機中，你會拋下一切，用自己的生命保護他們。

你說過，他們是明天，而我們是今天。

我抖動著手指撥響了電話，電話鈴聲只響了短暫的刹那，有人拿起了話筒。

我馬上自報家門：「這是國際長途，來自華盛頓。」

對方的聲音急促：「他沒有回來。衝出去的時候，我扶著兩個女同學，他在我後邊。當時，他受了傷，可是沒有死。當時，他沒有死。受傷的人，很多人，被當兵的拖去火化，他在裡邊……」那個急促的聲音被掐斷了，電話裡一片盲音。

我呆坐在下午溫暖的陽光裡。

兒子走下樓，走到我面前，他藍色的大眼睛裡滿是驚異。他把兩隻小手輕輕放在我臉上，試著阻住那滾滾而下的淚水。

我抱住他，在他耳邊說：「在你出生的城市裡，今天早上，有很多人倒下去了，他們不能再站起來。他們倒下去，是為了很多很多人的幸福……」像講一個隔世的故事。

你有過順境嗎？好像沒有。

我們初次見面的時候，你是個沉默寡言的男孩子。父母的「右派」身分壓在你心上，壓在你身上已經整整四年。你很少笑，從來不大笑。你的散文卻寫得瀟灑。但你私下說：「沒用。粉飾現實而已。」

那麼什麼「有用」呢？

你揮舞著一疊稿紙：「那個老混蛋給我卅分！」

我頭一次聽人用「老混蛋」稱呼教語文的班主任。

我頭一次看到了你的憤怒。

我頭一次讀到一個高中學生對「九評」提出的質疑（註）。

那時候，我就認定，班上四十八個人裡，你是將來的政治家。

你微笑了，不，不只我一個，起碼還有另一個呢！

那一個，在文革中，終於沒能逃脫而死於追捕之中。

你，活了過來。

七七年，我被公安局折磨得形銷骨立，你也是活像一個囚犯。

在街上，我見到你。

「你忙什麼？」我看著你不知多久沒刮鬍子的臉。

「忙平反。」

「怎麼？」我知道那是曠日持久的苦戰。

「我們跟那幫東西血戰這麼多年，其中不知多少冤案。不平反，怎麼出得了這口鳥氣。再說，平了反，才能回來幹正經事。」

我知道了，你還是處在四處流浪的境地。

「你呢？怎麼瘦得這個樣子？」

「玩兒命呢！」

「回國?!」

「回國。」

你又笑了，你的笑藏在鬍子下面，沒有別人看見。

「放心，咱們都能看見頭頂上的藍天！」你這樣寬慰我。

八三年，我又回到了這個城市，而你，「手裡也有了一點小權」。你的筆在別人的文章上圈圈點點，你的「小權」決定了某些文章可以變成鉛字。

你極少有空，來的時候，必是騎一輛鏽跡斑斑的自行車。

談起過去的歲月，打開中國地圖，我們兩人的手指都是由東向西，向西，再向西，劃過長而又長的一條線。你的手指向北，停在高山峻嶺之中。我的手指向南，留在一片荒漠裡。

相視苦笑，無言。

「得了，這一切只是歷史了。」你拍地合上地圖冊，「現在我關心的是另外一件事。」

那時，北大學潮已經開始。出現了爭民主、爭自由的大、小字報。你來往於市區和郊區之間，奔波得相當辛苦。

我們去看了北大大字報。回來以後，你說：「他們還幼稚，可是很快會長大。」你笑著，非常滿意的笑。

「還沒成氣候，你們卻要走了。」八六年，臨別時，你不無遺憾地說。你指的是學運。我卻擔心著你，我知道，在「反對自由化」的「運動」中，作爲編審的你每開一次綠燈都承擔著怎樣的風險。

果不其然，在紐約，我不斷聽到你的雜誌被當局警告的消息。

一直到我收到你最後一封信。

那是今年二月份的信。厚厚的五、六張，還是「力透紙背」的筆法，還是坦率，尖銳的驚人。

「……你一定會感到奇怪，我爲什麼這麼長時間一直保持沉默，坦白地說，近一年多來，我又一次陷入了某種可惡的漩渦……

「……我從來沒有那麼強烈地感到在國內簡直一天也待不下去了……外邊就是火坑，我也願意跳進去了！這幾年中國知識分子大量外流，不是他們不想爲國家效力，實在是環境太令人窒息，欲罷不忍、欲幹不能。現在，我比較能體會中國歷史上一些優秀知識分子的悲劇心態了……」

然而，你沒有「跳」出去，也沒有「流」出去，反而是轉頭繼續從事令當局頭痛不已的活動。

這，你也沒有相瞞。在信中，你筆鋒一轉，大談搞活經濟和促進民主化進程之間的辯證關係，最後竟豪邁地把大筆一揮：「憑我的經驗，沒有過不去的火焰山，人生最後一搏吧！」

我又看到了你的笑，笑得開朗，滿懷希望。

然而，你「沒有回來」，你「受了傷」，你可能已經化成青煙，在你還沒有閉上眼睛的時候！

這，就是你最後的一搏！

是的，前進的時候，你在最前邊，撤退的時候，你在最後邊，那個急促的聲音說得不錯，他勾勒出了你在血戰中的形象。

廿二年前，在魔鬼們火攻你們少數派的時候，人人以爲你早已葬身火窟，當那些傢伙彈冠相慶之時，你卻出現在萬里之外的深山中。也許，在坦克的攻擊中，在機槍的瘋狂掃射中，你又一次奇蹟般地活下來了?!我企盼著，我還抱著一線希望。

在籠罩中國大陸的又一次黑暗中，你已經又一次付出血的代價，你的熱血和你所熱愛的青年們的血流在了一起。爲了你的信仰，爲了我們共同的信仰。

你永遠活著，在我們身邊，在我們心裡。

——一九八九年六月廿二日刊於《聯合報》副刊——

註：六十年代，中蘇共交惡，「九評」即中共拋出的在意識形態領域裡和蘇共論戰的九篇文章。

明月幾時圓？

一年一度中秋節，本來是很有些悲劇色彩的。然而，樂天的中國百姓卻把銀盤般的明月看作團圓的象徵，久而久之，中秋也成了家人團聚的日子。

這個日子又快來了，一九八九年的中秋。

月光，將一如既往，灑遍神州大地。

但是，數以萬計的家庭卻再也不能團聚了。

為阻擋軍車開進天安門廣場，工人敢死隊的成員們沒有人生還。他們上有老，下有小；他們是家庭的支柱。為了青年們的安全。他們義無反顧地撲向槍林彈雨之中。

為了對自由和民主的渴望，為了在中國大地上爭得一點點作人的權利。北京的大學生們、研究生們以絕食，靜坐爭取和當局對話的機會。他們得到的回答是無情的殺戮。

爲了「學習民主」，外地的大學生們告別故鄉、親人，奔向天安門廣場。他們在北京沒有家，他們宿營在廣場上的營帳裡。坦克車竟從他們身上輾過。外地的親人們從官方發布的新聞裡聽說「學生沒有傷亡」。然而，他們的孩子們再也沒有了音訊。

不只是爲民主、自由而奔走呼號的年輕人，還有孩子。

那柔弱的小女孩，追著裝甲車叫著：「解放軍叔叔，別開槍……」她的呼喚被衝鋒槍聲淹沒，她倒在血泊中。

年近古稀的祖母，放心不下不但絕食而且要絕水的孫女，撲向廣場，罪惡的子彈洞穿了祖孫兩人的身體……

不只是他們，在街上走路的行人，趕火車的旅客，在陽臺上收拾衣物的家庭主婦，早起晨跑的老人，到街角買冰棒的小男孩，倒在軍人瘋狂的掃射中。

屠殺並沒有結束，破碎的家庭一天天迅速地增加著。

那無畏的青年，那挺立在坦克車隊前的青年，那人類尊嚴和理念的捍衛者，沒有逃脫追捕，不清不楚地消失了。

在廣場上，從焚燒屍體的灰燼中揀出枯骨留作證據的士兵「失踪」了。

大網正在一步步的緊縮著，通緝，搜捕，處決，一系列的殺戮行動正在展開。

九百六十萬方公里的土地上再也沒有一個安全地帶。人們被迫流亡海外，有國回不去，有家歸不得。

聽說，北京的戒嚴部隊要在城裡過冬。

聽說，各大城市的民兵又用棍棒武裝起來，耀武揚威地盤查行人。

聽說，素以告密和出賣爲己任的街道居民委員會又十二分地活躍起來。

巨大的海棠葉沉入無邊無際的黑暗之中，鴉雀無聲。

人們在問：黑暗將持續多久？難道我們只能等待殺人元兇的自然死亡?!

劉賓雁說：這個法西斯政權的壽命不會超過兩年。

我們不只是期待著，我們也在爭取著這個日子的到來。

人們正在世界各地爲死難者豎立起一座又一座文字的豐碑。

人們正在向中國大陸的民主戰士伸出援手。

人們正在同中共法西斯政權決裂，以各種方式加速其滅亡。

又到了月圓的日子。在這裡，我們向所有在殺戮中失去親人的家庭致意。

你們的親人就是我們的親人。

你們的傷痛就是我們的傷痛。

你們的仇恨和憤怒就是世界上一切愛好民主自由的人們共同的仇恨和憤怒。

我們永遠和你們在一起，矢志不渝。

——一九八九年九月十九日刊於美國《世界日報》副刊——

一種抉擇

一座又一座豐碑由苦難磨礪而成，
用文字鑄起來，卻將長久樹立在世人的心中。

一九七八年初，在經過無數曲折之後，我回到了美國。從鐵幕掩蔽下的中國大陸踏上這塊美麗、豐饒的自由之土，內心的輕鬆與快樂，自然是可以想像得出的。

經過短暫的沉醉之後，我明白，自己面臨的是一個重大的抉擇，此一抉擇將決定我的後半生如何度過。

最易於讓人們接受的是：融入美國社會，把所有苦難的過去拋進大洋，再不回頭看，從此作個快樂的美國人。

另一種抉擇，就是把一切的苦痛經歷寫下來，將自己置於兩個世界之間，既接受美國的社會與文化，同時，也要繼續保持自己中文的純淨、優美，用中文把發生在中國的事情眞實地紀錄下來，昇華爲文學作品，留給海內外的中國人，留給世界。

前一種選擇，較之後者是遠爲輕鬆而快樂的。多數離開中國大陸，奔向自由世界的人們，作了這種抉擇。他們有沒有錯？沒有。人類選擇快樂的生活是天賦人權。

然而，我，一個生在紐約的美國人，卻選擇了後者。

從作出抉擇的那一刻起，我就淸楚地意識到，後半生將在咀嚼前半生的苦痛中度過。面對稿紙，過的將是肝腸寸斷的日子。無數的人和事不僅不會遠去，而且必將像波濤拍打堤岸一般永無休止。

我能承受得住嗎？

十一年前，開始中文寫作的時候，我不敢回答，也無從回答起。

但是，四年前，《折射》殺青的時候，我知道，這條路雖然苦不堪言，但我能夠走下去了。

終於，不僅是長篇，相當數量的短篇小說也已經和讀者朋友們見了面，小說中的人物已經走進讀者朋友的生活，得到了關心、尊重和愛護。

夜深人靜，一切的喧囂遠去的時候。那些我無時無刻不在記掛著的人們，那些在高壓與殘酷的折磨中倒了下去的人們，生動而鮮活地在我的稿紙上演出著一幕幕人間的悲喜劇。演出的過程驚心動魄。

他們來到世界上，帶著他們的聰明、才智。為了一個理想，有的時候，不過是為了人性不致泯滅，或者只是為了尊嚴，他們倒了下去，世界上沒有一塊石頭刻下他們的名字。

小說也好，散文也罷。

樹起了一座又一座豐碑，記錄著人性的光輝、愛的力量，中國人的勇氣與智慧。一座又一座豐碑由苦難磨礪而成，用文字鑄起來，卻將長久樹立在世人的心中。

感覺到這些豐碑的存在，無論下筆時怎樣心頭滴血，我無愧無悔。

——一九九三年十月刊於《高青文粹》——

讀畫

人都有沮喪的時候。步入中年之後，常常見該作的事堆積如山，時間不夠分配。心亂如麻的當兒，我讀畫。

朋友自遠方寫信來，說是兩地之間無時差，經度相差也只有四、五度而已，如若約定某月某日夜間在各自的地方擡頭望月，也許月光會縮短我們之間的萬里行程。

算算日子，那是個初二，只有一鈎新月而已，在案頭日曆上，寫了個清楚明白，甚至還畫了一彎月亮，惟恐錯過了時間。

幾通電話打過，幾件事情辦了，猛擡頭，水泥叢林裡望出去，天上漆黑一片，連星星都不見一顆，哪裡還有什麼月亮?!辜負了老友一片心，滿腹愧疚無處去，這樣的心情中，讀書、寫字、聽音樂直惹得心潮起伏，更不得寧靜，唯一的辦法是讀畫。

畫。或坐或站，手中只需白開水一杯，我靜靜讀畫。

只需一張好畫，人隨畫走，走入一個寧靜的世界，自然的偉力開拓出的美麗世界中，在眼前展現出的正是內心深處最渴求的安詳。

畫，靜靜地舒展著，淌過眼睛，撫平焦躁。畫，漸漸地發出聲音，輕輕撫過負荷過重的心。人在線條與色彩的奔騰跳躍中所感受到的卻是相對的沉穩。

家中有畫，常使我生出感激的心。

伏案寫作，筆下人物生龍活虎，筆下世界淒風苦雨，生命與扼殺生命的黑暗苦鬥。這苦鬥使握著筆的我無法靜坐，無法按捺住那顆狂跳的心。這種時候，我奔出去讀畫。

很難忘懷在紐約寫《折射》的日子。

把一隻筆丟在血泊裡，披上風衣，往八十三街飛奔而去。和行色匆匆的紐約人一樣邁著大步，從悠閒的觀光客身邊擠過去，飛奔上高高的臺階，把口袋裡的零錢一股腦兒丟在服務臺上，直直衝向前期印象派畫作的展室。

越過雷諾阿，衝過梵高，跌坐在莫內的睡蓮前。唯有莫內在內心的憤怒、悲痛達到飽和的當兒能使我坐下來，在一個沒有故事的祥和中，在一種深厚的溫柔中，在色彩朦朧的光與影的交織中，狂跳的心漸漸平穩下來，淚水不知何時早已將風衣濕了一大片。

緩緩站起身來，再向莫內深深看上一眼。轉過視線正和大都會博物館善解人意的大個子黑人警衛碰個正著。

從那隻大手裡遞過來小小一包手巾紙，像安慰小女孩一樣塞在我手裡。一時間，人與人之間的相互珍惜溢滿心頭。掛著淚笑，語無倫次地向他道謝。步下臺階時，已經換了一個人，步履安詳。重回案頭時，鬥爭已經平息，罩在稿紙上的，是人性的光。

沈從文伯伯說過，一隻筆寫下的，無非是生、老、病、死。

但是，有些死亡，卻不是熱愛這個生命的人能夠坦然接受的。有些生命是血肉相連的。當其中的一個生命不是自然死亡，而是消失於槍炮、坦克、飢餓、流刑的時候。另外的一個生命所遭受的折磨也不是容易承受的。

不能走動，不能站立，內心成了一塊冰，躺在那裡，直覺四肢離體而去，口乾舌躁，潛伏在身體裡要等陰天下雨才跳出來肆虐的諸般病痛一齊咬牙切齒跳將出來……

這種時候，我讀畫。

那些懸在家裡的，在博物館、美術館、畫廊曾經震撼過我的畫。

那些一本一本被我們買下，帶回家的畫册，那些在壁爐邊，曾被千百次欣賞過的人類的瑰寶，一張張，緩緩地從閉著的眼前流過。

那是倫勃朗，人物的眼神一直在追隨著我，直看到心底，歷史在那些眼神背後流淌。人類在血淚、爭鬥中成熟、成長。

定格。

痛楚減輕了，自覺可以移動了，捧出畫集，重讀倫勃朗，停在他的數百張素描之間。墨跡早已發黃，但那一絲不苟的筆觸所描摩的人生仍是那樣清晰。

聽著自己的心跳，看著手指一頁頁地撫過畫冊，生命的律動似乎又恢復了正常，直面人生的勇氣與信心再次在胸中激盪。

我讀畫。

——一九九三年八月十二日刊於《中央日報》副刊——

方寸之間的特立獨行

英國作家維吉尼亞・吳爾芙那張著名的「書桌」，既非由貴重木材製成，也非經過細心的雕琢。平平常常一張桌子，抽屜也未見一個，桌上一個極平常的陶瓶，幾枝鮮花隨意揷放著，一本攤開的書。

這張書桌百分之百爲其主人所有。吳爾芙在這張書桌上做些她眞正想做，沒有絲毫勉強的事。我想，她是一位懂得善待自己的女人。

善待自己這個題目不知有多少人談到過，女權主義者也曾大聲疾呼過。然而，現實畢竟不是那麼完美，於是所謂「善待自己」「多愛自己一點」就以各種方式出現。最常見的，在富足的社會裡較容易辦到的是任意地採購一番，使自己在物質上更上一層樓。

不幸的是，大採購之後，所有的華服、珠寶一一亮相之後，很多人仍是迷茫，似乎預期的成就感並未出現。然而，生活中所有的瑣細仍然團團包圍著，並未露出一點空隙，一點眞正屬於自己的小小空間。連幻想——或者直白一點叫作「白日夢」也在先生、孩子丟下的髒衣服、髒盤子、電話費賬單、迫在眉睫的邀約尙不知如何回覆，一驚一乍的電話鈴聲、門鈴聲、助選車上的高音喇叭、購物、購屋廣告的擁擠，碰撞之下變成了碎片不知所終。

有一間自己的房間！

對於絕大多數女人來說，那是一個不可能實現的夢。人怎麼能置親情、友情以及中國社會特有的各種人情於不顧？尤其是現代女人，不是旣要主內，也要主外了嗎？

有一張屬於自己的書桌！

這大概是辦得到的。但是，先生的電腦就在身邊，那嘀嘀嗒嗒聲能夠充耳不聞嗎？一張固定的書桌，家用賬大概也找到了最好的去處，油、鹽、柴、米之類的輸入電腦似乎還不是必要的，丟在媽媽的書桌上自然是合理的處置。還有孩子過來撒嬌的時候留下來的玩具呢，小人兒書呢，無數的小可愛馬上塡滿了桌上的每一寸空間，很快就發現已經沒有任何空地可以放一本攤開的書了。

那是很溫馨的啊！妳會說。

然而，吳爾芙竟在半個多世紀以前告訴我們，「生活是一圈光輪，一只半透明的外殼，我們的意識自始至終被它包圍著。對於這種多變的、陌生的，難以界說的內在精神，無論它表現得多麼脫離常規、錯綜複雜，總要盡可能不夾雜任何外來異物，將它表現出來。」

那是小說家的事。妳會說。

人的內在精神卻是多變的，難以界說的，對人而言，甚至是陌生的。這一點，妳清楚嗎？妳有機會認識自己的內在精神嗎？

絕大多數女性朋友對這個問題的回答多半是只有搖搖頭算了。

巨大華宅中，並不一定有一間房間是眞正屬於自己的，更不消說普通人的住家了。

連一張純屬自己，不願任何人將任何事遺留其上的書桌在現代社會中對女性而言仍是極其昂貴的，爲了得到它，不知要付出怎樣昂貴的代價。

然而，一張不用時放在壁角的小小折疊桌是不起眼的，不佔空間的。現代工業文明爲我們提供了這樣一種可能。

居住在水泥叢林中的現代女性已無法覓得吳爾芙曾面對的英國鄉野風光，然而我們仍可擁有小花幾朵。我們仍可攤開一本書。

我們仍可擁有短暫的方寸之間的澄靜，給我們的內心世界一個透一透氣的時間。

如果妳試過，一定會嘗到其中的妙處，久而久之，妳會更加輕鬆，更加灑脫。

——一九九三年十二月卅一日刊於美國《世界日報》副刊——

紅帆・白帆

我作學生，在北京念書的時候，不知世上有夢想。老師和學校只告訴我們，人應當有理想。什麼是理想呢？長大了當工人、農民，參加人民解放軍，保家衞國就是最高的「理想」了。周遭成人更是把「作黨的馴服工具」當作人生的唯一目標，至少他們嘴上都是這麼說的。《新華字典》更告訴我們，夢想：比喻虛幻。那麼「虛幻」又是什麼呢？字典不再加以說明，而「虛」則是「不眞實」的。字典這樣斬釘截鐵地告訴我們。於是，我得出了結論：「夢想」是不眞實的。且沒有成爲現實的任何可能。

正值三年困難時期，一好友曾說：「現在天天吃高粱麵，你想中午飯碗裡有一塊肉，那就是夢想！」他很不屑地告訴我。

怎麼會有大飢餓呢？報紙和學校都告訴我們，從前的老大哥，今天的蘇聯修正主義是製造「困難時期」的元兇。他們在中國最需要的時候撤走了專家、技術人員……使中國陷入了飢餓。

爲了批判蘇聯「現代修正主義」（以和數十年前的老修正主義區別），放映了一些蘇聯電影，「第四十一」、「紅帆」等等都是那時候上映的「參考片」。但是這些電影都深深地吸引了我，卅年過去了，一個個鏡頭都歷歷在目。

「紅帆」是一個類似「灰姑娘」的故事。一位美麗、善良的漁家女兒，終日憧憬一位白馬王子將駕著揚起紅帆的船前來接她離開那貧窮、愚昧的漁村。一位年輕、英俊的航海者聽說了這件事，就眞的將船上的白帆換成紅色，浩浩蕩蕩地將那漁家女兒接走了。當然，雖然他不是王子，但他的理解和愛情自然成了他們今後「過著快樂、幸福日子」的可靠保障。

原來，夢想不一定是虛幻的，夢想，有一天可以成眞！

這是十三、四歲的我第一次由一個電影推翻了學校、老師、報紙、《新華字典》等龐然大物所造成的精神上的樊籬，而開始在內心深處作夢。

我的夢裡沒有紅帆，也沒有那英俊、勇敢的航海者，我的夢裡只有蔚藍色的大海，有一隻小船，船上的帆是白色的就可以，而那航海者就是我自己，駕長風，破萬里浪，奔向遠方的，就是我自己！

深埋在心底的，是對自由的渴望。在頤和園參加舢舨運動，學習跳傘，愛上那一瞬間的自由呼吸，都不夠了。我要的，是大海，是遠隔汪洋的自由之土。

一天，在數學課上，該學的，已經學會了，我在草稿紙上信手畫著白帆點點。

忽然，一隻沾滿粉筆灰的手從磨破了邊的藍色袖口裡伸了過來，輕輕地將那頁草稿紙翻轉，壓在了數學習題簿的下面。我驚慌地擡頭去看，數學老師的鏡片後面，閃著一雙微笑著的眼睛。

夢，是可以作的，但不能讓別人知道！

那隻沾滿了粉筆灰的手，那個善意的一閃卽逝的微笑，教了我一個極爲重要的定理。卅年之後，在我寫得很累，找幾道數學題來「換換腦筋」，在剛體旋轉中尋得無數樂趣的時候，我會想到那位瘦瘦的、手上永遠沾滿粉筆灰的陳老師，他大概和我一樣，也曾把對自由的嚮往深埋心底吧？

那麼，今天，他的夢想有沒有成眞呢？當學生們發出吶喊，呼喚自由的當兒，已經退休的老師大概是搖著滿頭白髮，站在學生們中間吧！

頭，我相信，那不是夢想，不是字典所謂的不眞實，而是切實存在的。暗潮終會形成排空巨浪，那不是任何禁錮可以抵擋的。

——一九九四年二月十五日刊於美國《世界日報》副刊——

另外一種心情故事(代跋)

讀者朋友們翻了我四、五本小書之後，自然對我瞭解得相當徹底了，他們常常問我：像你這樣熱情的人，感情世界應當是相當豐富了。可在你的小說裡、散文裡，我們卻找不到什麼。以情感為題，你沒寫過任何文章嗎？

怎麼會留下了那麼大的一個空白?!我自己也嚇了一跳。翻翻找找，竟也找出了卅六篇，談的多是親情、友情、鄉情、故國、故園之情，當然也有些自說自話的心情故事。

一揮而就的，為這個集子寫了序。將這卅六篇小文分輯、讀畢，小修小補一番之後，心境大變，自覺這卅幾篇小文觸到了一個相當要緊的題目。

情與愛是人類謳歌不盡的永恒的主題。然而，在現代人的生活中，愛人與被愛卻常常只是一個夢想而已，在工商業社會的副產品——令人窒息的冷漠——彌漫在人與人之間的時候，很多人甚至連作夢的機能都失去了，露出來的竟只是殘忍。

現代人較之過去是更需要思想的空間，更需要關愛，更需要瞭解和默契的。在資訊爆炸的今天，一封封親手寫成的書信帶著溫情，帶著摯愛，帶著體貼，在心靈之間構築起跨越時空的橋。那些信，那些情書留待將來吧。

眼前的小文則要再一次感謝三民書局董事長劉振強先生的支持，和編輯先生們的辛勞。無盡的謝意無法言說，只有真誠地埋首寫下去了。

——一九九四年五月十日於高雄——

三民叢刊書目

㉑浮生九四——雪林回憶錄　蘇雪林著
㉒海天集　莊信正著
㉓日本式心靈——文化與社會散論　李永熾著
㉔臺灣文學風貌　李瑞騰著
㉕干儛集　黃翰荻著
㉖作家與作品　謝冰瑩著
㉗冰瑩書信　謝冰瑩著
㉘冰瑩遊記　謝冰瑩著
㉙冰瑩憶往　謝冰瑩著
㉚冰瑩懷舊　謝冰瑩著
㉛與世界文壇對話　鄭樹森著
㉜捉狂下的興嘆　南方朔著
㉝猶記風吹水上鱗——錢穆與現代中國學術　余英時著
㉞形象與言語——西方現代藝術評論文集　李明明著
㉟紅學論集　潘重規著
㊱憂鬱與狂熱　孫瑋芒著
㊲黃昏過客　沙究著
㊳帶詩蹺課去　徐望雲著
㊴走出銅像國　龔鵬程著
㊵伴我半世紀的那把琴　鄧昌國著
㊶深層思考與思考深層——轉型期國際政治的觀察　劉必榮著
㊷瞬間　周志文著
㊸兩岸迷宮遊戲　楊渡著
㊹德國問題與歐洲秩序　彭滂沱著
㊺文學關懷　李瑞騰著
㊻未能忘情　劉紹銘著

㊼發展路上艱難多　孫　震著
㊽胡適叢論　周質平著
㊾水與水神　王孝廉著
㊿由英雄的人到人的泯滅
・中國的民俗與人文　金恆杰著
51重商主義的窘境
・法國當代文學論集　賴建誠著
52中國文化與現代變遷　余英時著
53橡溪雜拾　思　果著
54統一後的德國　郭恆鈺主編
55愛廬談文學　黃永武著
56南十字星座　呂大明著
57重疊的足跡　韓　秀著
58書鄉長短調　黃碧端著
59愛情・仇恨・政治　朱立民著
・漢姆雷特專論及其他
60蝴蝶球傳奇　顏匯增著
・真實與虛構
61文化啓示錄　南方朔著
62日本這個國家　章　陸著
63在沉寂與鼎沸之間　黃碧端著
64民主與兩岸動向　余英時著
65靈魂的按摩　劉紹銘著
66迎向眾聲　向　陽著
・八〇年代臺灣文化情境觀察
67蛻變中的臺灣經濟　于宗先著
68從現代到當代　鄭樹森著
69嚴肅的遊戲　楊錦郁著
・當代文藝訪談錄
70甜鹹酸梅　向　明著
71楓香　黃國彬著
72日本深層　齊　濤著

⑬美麗的負荷

封德屏　著

本書是作者從事寫作的文字總集。有少女時代所寫，如詩如歌的雋永小品；更有以求眞存眞的態度詳實記錄而成的報導文字，對象涵蓋作家、影劇圈、藝術家等文藝工作者的訪談記錄。值得有心人一起駐足品賞。

⑭現代文明的隱者

周陽山　著

生爲現代人，身處文明世界，又何能自隱於現代文明？本書內容包括散文、報導文學、音樂、影評、書評等，作者中西學養兼富，體驗靈敏，以悲憫之心關懷社會，以詳贍分析品評文藝，是學術研究外，結合專業知識與文學筆調的另一種嘗試。

⑮煙火與噴泉

白　靈　著

本書詳盡的評析了新詩的源起及演變、臺灣詩壇的今與昔，除介紹鄭愁予、葉維廉、羅青等當代名家的詩作及創作理念外，並給予初習新詩者的入門指引，值得想一探新詩領域的您細細研讀。

⑯七十浮跡
・生活體驗與思考

項退結　著

本書是作者一生所思所悟與生活體驗。從青年時米蘭求學，到「哲學之遺忘」的西德八年，再到主持《現代學苑》實踐對文化與思想的關懷，最後從事教學與學術研究的漫長人生歷程。雖是略帶有自傳性質，卻也反映了一個哲學人所代表的時代徵兆。

⑰永恆的彩虹

小民 著

問世間情是何物，怎教人如此感念！環遶家園周遭的倫理親情、憶往懷舊的大陸鄉情、恆久不渝的溫馨友情……，是多麼的令人難以忘懷。本書作者以平和的語氣、平實的筆調，娓娓道出人世間的種種至情，讀來無限思情襲上心頭。

⑱情繫一環

梁錫華 著

寫作是件動腦動筆的事，使人保持身心熱切，而創造性的熱切是有助健康和留住青春的。本書作者以其悲天憫人的襟懷，寓理於文，冀望讀者會心處，除了青春、健康外，另有所得。

⑲遠山一抹

思果 著

本書是作者近三十年來有關文藝批評、中英文文學、語文、寫作研究的精心之作。作者學貫中西，探究深微，以精純的文字、獨到的見解，寫出篇篇字斟句酌、妙筆生花的佳作，令人百讀不厭。

⑳尋找希望的星空

呂大明 著

在人生的旅途中，處處是絕望的陷阱，但晚星的光芒是黎明的導航員，雨後的彩虹也會在遠方出現，絕望銜接著希望，超越絕望，希望的星空就呈現在眼前，願這本小書帶給您一片希望的星空……

⑧①領養一株雲杉

黃文範 著

有人說，散文是作家的身分證，對譯人何嘗不是如此。本書是作者治譯之餘，跑出自閉於譯室門外自遣的心血結晶，涉獵範圍廣泛，文字洗練而富感情，展現作者另一種風貌，帶給讀者一份驚喜。

⑧②浮世情懷

劉安諾 著

本書是作者以其所思、所感、所見、所聞，發而為文的結集。作者才思敏捷，信手拈來，或詼諧、或雋永，皆屬上乘。在這匆遽忙碌的時代，不妨暫停一下，此書當能博君一粲。

⑧③天涯長青

趙淑俠 著

文藝創作者身處他鄉異國，該如何面對因文化差異所帶來的困擾？本書所描寫的，是作者旅居異域多年的感觸、收穫和挫折。其中亦有生活上的小點滴，時而凝重、時而幽默，清晰的呈現出東西文化的異同風貌，讓讀者享受一場世界文化的大河之旅。

⑧④文學札記

黃國彬 著

作者放眼不同的時空，深入淺出地探討文學的現象、趨勢，以至個別作家的風格，舉凡詩、散文、小說、文學評論等，都能道人所未道，言人所未言，把學問、識見、趣味共冶於一爐，堪稱文學評論集的佳作。

⑧⁵ 訪草（第一卷）

陳冠學 著

本書是作者於田園生活中所見所感之作，內有田園畫，有家居圖，有專寫田園聲光、哲理的卷軸。喜愛大自然田園清新景象的讀者，將可從中獲得一份未曾預期的驚喜與滿足；另有一小部分有關人性與人生哲理的文字，則會句句印入您的心底。

⑧⁶ 藍色的斷想

・孤獨者隨想錄 A・B・C全卷

陳冠學 著

本書是作者暫離大自然和田園，帶著深沉的憂鬱面對人世之作。一路上你將有許多領略與感觸，時或有天光爆破的驚喜；但多數時候，你的心頭將披著一襲輕愁，甚或覆著一領悲情。這是悲觀哲學，卻是被熱情、關心與希望融化了的悲觀哲學。

⑧⁷ 追不回的永恆

彭歌 著

本書是《聯合報》副刊上「三三草」專欄的結集。作者以其犀利的筆鋒，對種種社會現象痛下針砭，冀望這些警世的短文，能如暮鼓晨鐘般，在這變亂紛乘的時代，起著振聾發聵的作用。

⑧⁸ 紫水晶戒指

小民 著

俗世間的珍寶，有謂璀燦的鑽石碧玉，有謂顯榮的列鼎封侯。其實生活就是人生最美的寶物，不假外求。非常喜愛紫色的小民女士，以她一貫親切、自然的文筆，輯選出這本小品，好比美麗的紫色禮物，要獻給愛好文學也愛好生活的您。

⑧⑨心路的嬉逐

劉延湘　著

本書筆調清新幽默，論理深刻而又能落實於生活踐履。走一趟作者精心安排的「心路」之旅，您將莞爾一笑，心情頓時開朗。而您也將發現，原以爲只是一條山間小路，結果卻是風景優美，鳥語花香的舒坦大道。

⑨⓪情書外一章

韓　秀　著

情與愛是人類謳歌不盡的永恆主題，它爲空虛貧乏的現代生活加添了無數的色彩。本書記錄下了作者在日常生活中感受到的親情、愛情、友情及故園情，在書中點滴的情感交流裏，在這些溫馨的文字中，我們是否也能試著尋回一些早已失去的東西。

⑨①情到深處

簡　宛　著

本書是作者旅美二十五年後的第二十五本結集。身爲一個教育家，作者以其溫婉親切的筆調，寫出篇篇充滿溫情的佳構，不惟感動人心，亦復激勵人性。將愛、生活與學習確實的體驗，眞正感受到人生的有情，生命也因此生意盎然。

⑨②父女對話

陳冠學　著

一位老父與五歲幼女徜徉在山林之間，山林蓊鬱，山泉甘冽，這裏自有一份孤獨的甘美。本書是記述作者父女在人世僻靜的一個角落，過著遺世獨立生活的文字畫。舉世滔滔，這應是一面明鏡，堪供讀者對照。

⑨③陳冲前傳

嚴歌苓 著

在好萊塢市場，多少人一夜成名直步青雲，又有多少人一朝雲中跌落從此絕跡銀海。身爲一個中國人，陳冲是經過多少的奮鬥與波折，身爲一個聰慧多感的女子，她又是經過多少的心路激盪，才能處於這洶湧波滔中。本書將爲您娓娓道出陳冲的故事。

⑨④面壁笑人類

祖 慰 著

本書是有「怪味小說派」之稱的大陸作家祖慰，在巴黎面壁五年悟得的佳構。他的散文神遊八荒，情貫萬里，將理性的思惟和非理性的激情雜揉一起。讀其作品既能吸收大量的科普知識，又可汲取其飄逸文風的美感享受。

⑨⑤不老的詩心

夏鐵肩 著

夏先生一生從事文化工作，大半心力都用在鼓勵培植有潛能的青年人，助他們走上文學貢獻之路。而他本身亦創作出不少的長短佳文。本書收錄計有：詩詞小品、散文、方塊評論等。作者一顆不老的詩心，洋溢在篇篇佳構中。

⑨⑥雲霧之國

合山 究 著

使中國風土之特殊性獨具一格的，與其說是天地的廣大，不如說是因塵埃、雲煙等而爲之朦朦朧朧的自然空間吧！精氣、神仙、老莊、龍、山水畫、奇書等，其產生是有如何玄妙的根源啊！就以「雲霧」爲起點，讓我們一起走進這美麗幻夢般的世界。